花下不焚香

应采风 著

中国华侨出版社

图书在版编目（CIP）数据

花下不焚香 / 应采风著 . —北京：中国华侨出版社，2017.5

　ISBN 978-7-5113-6843-0

　Ⅰ . ①花… Ⅱ . ①应… Ⅲ . ①随笔 – 作品集 – 中国 – 当代 Ⅳ . ① I267.1

中国版本图书馆 CIP 数据核字（2017）第 113110 号

花下不焚香

著　　　者	/ 应采风
责任编辑	/ 桑梦娟
责任校对	/ 高晓华
经　　　销	/ 新华书店
开　　　本	/ 670 毫米 × 960 毫米　1/16　印张 /17　字数 /269 千字
印　　　刷	/ 北京建泰印刷有限公司
版　　　次	/ 2017 年 7 月第 1 版　2017 年 7 月第 1 次印刷
书　　　号	/ ISBN 978-7-5113-6843-0
定　　　价	/ 36.00 元

中国华侨出版社　北京市朝阳区静安里 26 号通成达大厦 3 层　邮编：100028
法律顾问：陈鹰律师事务所
编辑部：（010）64443056　　64443979
发行部：（010）64443051　　传真：（010）64439708
网　　址：www.oveaschin.com
E-mail：oveaschin@sina.com

推荐序 / 光阴中最美好地修行

花谢无语

初识应采风,源于他的文字《雨在花外》,那些安暖的小字清风明月一般地氤氲开来,字里行间感觉不到一丝浮躁,没有刻意的渲染,像一个无比安静的人捧一盏茶端坐在窗前,将过往情结以及当下心绪自光阴的脉络里慢慢抽离出来,又静静地摊开在手心轻轻碰触娓娓倾诉。

他这样写:始终认为,人行走在自然之中是件极其幸运与美妙的事情,犹如行走在花上,是染了一身香气的,如若还能遇见心爱的人,该会有多美?人间最好的相爱是两个人都在花上,一个跳舞一个欣赏,一个沉睡一个醒着,一个织梦一个实现。所以世上的一切并不都是旧句子,所有的故事都有生机,只是需要我们在经历时去慢慢体会爱的苦心与欢喜,然后与之平静快乐地活着。

读到这些字的那一刻,心是极其柔软的,仿佛是清泉的水韵在心中缓缓流过,闭起眼是临水照花的温和,睁开眼是岁月澄明的欢喜。想不出,要怀有着怎样一颗清寂的心才能够将文字排列得那么精致与唯美,真的是如一颗心睡在尘上,而一滴雨落在花外,没有任何一种悬念。像一个光阴中的行者,黎明时起身,掬起清露与晨曦;黄昏时折返,剪落松涛与山色。然后，弹尽浮华与细碎，转身落定成一枚尘世烟火，抬头，观市井繁华；低眉，入禅风流云，时光的笔，就那么被他轻松的驾驭，拈花弄字，点墨生香，书写春秋，明暗有度。

都说，写文字的人心是相通的，每一次读到似曾相识处总是会心一笑，因为，恍若是看到了自己，所以，写文字的人也是相惜的，那种相互的理解与赞赏是一种鼓励与认同。读应采风的《花下不焚香》，他写道：最好的相遇大抵也是如此，一个人能让另一个人如花开放，这是尘世不可多得的美，如同花园里的两朵花，经过数度轮回，最终发现原来你也在这里。

诚然如是，这世间，所有的缘分皆是美好，美好的缘分亦总是让人执念丛生。那些眼眸间的爱意，心海里流淌的思绪，经过了尘世烟火的熏蒸、漂洗，纵然，成为光阴影像中一缕泛白的记忆，而能够在年华恰好时遇见了，便是不悔此生。

我们常说，终期一生，能够安静地完成一件喜欢的事就是美好的，而我们与文字的时光，是八千里山河水月的静美，是百万丈红尘不老的诗音，是不寻前尘，不问来世，是梦里梦外无法割舍的念想，是给自己一生的心路历程一次完整的解析与交付，待多年以后再触摸泛黄的书页，还能在纸质的墨香里重温时光，就仿佛，是将前尘与后世融合在心灵的某一处角落反复温习，那个地方叫记忆。

而所谓记忆，不过是尘封的思绪里藏着一个生香的名字，和曾经为之羞涩的笑容，像光阴中婉转的一枚旧念，却年年都会在陌上春暖时长出一束新痕。而那些在文字里倾情的时光因其美好，才笃定安寂。

应采风说：写文字，十年的光景，太多的感悟与执念，不为取悦谁，仅仅是个人喜爱，一个用心坚守了十年的梦，如果能够装订成册那将是最值得喜悦的事，不仅是给文字一个安慰，也给自己的心一次完整的诠释。这一份念想留待多年以后，一个温暖如常的日子里，桌上有茶，手边是书，窗外是暖阳明丽，窗内是光阴缱绻，而那一本充满墨香的文集，被小心翼翼地打开，如同，打开了通往记忆的门闩，一路走，一路摩挲着，一路，读到了一个既熟悉又陌生的自己。读着，读着，就一定会有泪珠儿湿了眼眶。

所以，让我们怀着敬畏的心去欣赏捧读这本文集，让文字的芳华与纯粹从细小苍茫里散发出一种博大的美，愿这世间所有的美好都能够光阴把盏，握手言欢，假若你来，我一定会在，一起走近应采风，一起倾听《花下不焚香》，感恩有你，感恩岁月。

目录
Contents

第一卷　花下不焚香

003　时光一直很明亮
005　相安如知
007　雨在花外
009　立夏
011　胭脂
013　唯是时光
015　白月光
017　落在花上的尘
019　花下不焚香
021　与物无伤
023　三月弥生
025　寒露

第二卷　诗酒趁年华

031　美丽如雪

034　幽人贞吉

037　诗酒趁年华

039　半卷书

041　翅膀

043　月白的纸

045　人间皆是好去处

047　冬天

049　每个秋天都很好

052　寂静

054　一晴方觉夏深

056　长短句

第三卷　瞬息浮生

061　注脚

063　霜降

065　春无空闲

067　封面

069　清凉

071　与君共千里

073　礼物

075　恰好年月

077　最是橙黄橘绿时

079　瞬息浮生

081　旧

第四卷　道由白云尽

- 085　赏花
- 087　日子如细软
- 089　低调
- 091　菊花开了
- 093　刚刚好
- 095　道由白云尽
- 097　春光倾城
- 099　掌纹
- 101　临水照花
- 103　淡淡为安
- 105　一扇门
- 107　花好月圆

第五卷　所思在远道

- 111　慧行坚勇
- 113　旧衣裳
- 116　安静
- 119　隐语
- 121　三生三世
- 123　暗香
- 125　秋是白的
- 127　阳光是寂静的
- 130　如此过去
- 132　所思在远道
- 134　窗外的光阴
- 136　满城桂花香

第六卷　把日子过成一朵花

141　不负浮沉
143　时光在流逝
145　深意
147　线索
149　等到春复归
151　在秋天的王朝打坐
153　有谁共鸣
155　把日子过成一朵花
157　约定
159　草意木情
161　想念如果会有声音

第七卷　把时光温成一壶酒

165　此情无计可消除
167　七月水声
169　一籁之声
171　浮生岂得长年少
173　三月骊歌
175　把时光温成一壶酒
177　山山红
180　时光分明
182　随心而喜
184　单衣素行
186　但愿人长久
189　寂寂无声

第八卷　逝水年华细思量

195　寒更雨歇，葬花天气
198　茂密
200　又是一年秋
202　花开花落两由之
205　只望见清空
207　逝水年华细思量
209　百折千回也风景
212　年年如珠
214　悠悠夏日长
216　我所经历的时光
218　握几许水色时光
220　竹林中的美男

第九卷　三月，揣着你的微笑漫步

225　春与清溪长
227　人面桃花
230　火焰的美
232　岁月不暮
234　阿司匹林
237　三月，揣着你的微笑漫步
240　时光如经卷
242　川流不息
244　爱，若隐若现
248　日子很静
250　天青蓝
253　瞬间菩提

后记

257　十年踪迹十年心

第一卷 花下不焚香

时光一直很明亮

春天总是叫人欢喜的,从路人眉眼里就可看出来,好像沉静在其中的颜色纷纷开放,落到哪儿都是风景。

天光清透,万物葱茏,一切美好得犹如天国的投影,时光仿佛被轻易穿透。

这让人意气风发的感觉,如同握住了生机与明亮的本源,只要愿意,天下皆可抵达,时光不过是身外的一蓑烟雨。

人有赤子心极难,所见的美好与破败皆被其心过滤打磨成单纯干净的存在,以阳光的姿态活成朴素的人生是多么不易。

一个人能够以简单平实的目光看世界,需要多少时光不得而知,深信这不仅仅是内心的逐渐强大,其中必然存有对尘世的喜爱与憧憬。

清脆的鸟声迎来黎明,让那些从夜的深处逶迤而来的故事多了几许美丽,又或者是到了此处,出现了无法预料的转机。

向来喜欢清晨,如同喜欢幼儿的眼睛,望见的都是不染风尘的清澈,在轮回千转之后,一切又回到了最初。

知道不是所有的清晨都有最初的美,恰如我们所等的那个人,在数年之后早已不再是心中的样子,或许他已不愿靠近或者忘记了曾经的交集。

时光的美妙不是平铺直叙地记录尘世的故事,而是用明亮的眼睛观看彼此的忠诚与背叛,以诗或者歌的方式清脆地将悲伤流放。

在书上看到过一句话,觉得很美丽,"我不怕被辜负,因为我更喜欢活着的感觉"。

活着确实是件美好的事情,在时光中穿行,看来来往往的人,不去问他们是否是必须见到的，或者是否会与某人有剪不断理还乱的纠葛，就这样葱茏茂密地活着，可成为故事，也可在故事之外看云卷云舒。

《道德经》中有云，"天地不仁，以万物为刍狗"，可见天地对万物皆一视同仁，它不会刻意去干预某个人的成长与衰败，所以，能在平常之上取一份时光的火焰，去燃烧命运的屏障，需要无比大的智慧与勇气。

早年喜欢看一些略带忧伤的文字，那些幽婉的词语组成一条长长的雨巷，我在其中像个迷路的孩子，找不到回家的路。越过那段岁月以后才知晓，人在什么路上便会看到什么样的风景，每一段光阴都是为了让我们接近完满。

其实，时光一直很明亮，我们的热烈、冷却、激进、妥协与它并无关系，它始终新鲜蓬勃，而我们获得的命运，都不过来于自己的心。

许是人到中年，渐渐觉出日子的寂静，喜欢这样的岁月，曾经的癫狂与躁动已被时光荡涤，终于露出了人应有的明媚。

顾城说："黑夜给了我黑色的眼睛，我却要用它寻找光明。"由此可见，人们追求明亮的心从未停止，我们一直都在静静等待新的一天。

从不喜欢把新的一天作为叙事的开始。认为美丽的故事最初时必然是明亮的，至于为什么后来在尘世之海沉浮无果，不是不爱，或许是造化弄人。

朋友说，这世上有太多的聚合离散。细想，何尝不是世人有太多的贪心和难舍，所以才会滋生出相应的苦痛和不甘。做人就该拿得起放得下，不能照亮故事，那就照亮自己。

书上说，所有认为被时光束缚的人，都会被时光所抛弃，青史是留给勇于创造奇迹与改变命运的人，这是他们长生在世人的记忆中的原因。

极为佩服那些行走在时光脉络上的人，每一步都是勇敢与明亮的，至于黑暗，是让他们眼睛更为有神，用以看清生命的美好与真谛。

窗外传来欢快的笑声和尘世细密的声响，以及关于春天不知名的歌。静静地合上书，然后看日光落在其上的灿烂，仿佛是在和时光对视。

享受如此鲜嫩的现在，安稳妥帖，一瞬如同数年，若是可以，愿你在身边。

相安如知

在书上看到四个字——"相安如知",觉得极为美好,如在花下遇见故人,面目各自风尘,皆未失最初之心。

一个人在滚滚的尘世中浮游,不被俗事侵染者寥寥无几。生之所以难,大抵是世事总与己愿相违不能如意,故而会在心底生出几多细枝末节的愁怨来。

不评说世事,或许苍生间所发生的种种都有因果,又或者是为了保持某种应有的平衡。

平衡的美在于知道彼此的质量和属性后,依然能在一起知己般守恒相安相携永年。

能够和睦相处走过一生的人,我愿相信他们大多都是前世约好的,来这一世就是为了点缀彼此相知的年华。

年月如花树,无论我们在哪一条路上行走都会路过春天得见花雨,至于最后活成何等模样,属于命运。

人一生走什么路、遇见什么人,仿佛冥冥之中早有安排,无论怎么反复,终究都会在某天尘埃落定。那些在路上经历过的沸腾、纠缠、欢喜和哀伤,以及其他最后皆要沉入水底,随余生结成果实。

从不惧怕时光,无论镜子里的那个人是否早已面目全非并不在意,只愿回首时能以平和的心与之互道安好,才觉得没辜负了青春年少。

最怕听人说后悔,如同嚼蜡索然无味,就像两个人,一个纠缠一个冷对,彼此失望。

人在这个世上是相互取暖的,每个人的光与热毕竟不同,所以不要不甘,要知道对方的苦与无奈。不是不爱,若爱无结局,不如学莲花的安静养一朵禅，与之同生相安。

袁宏道在《瓶史》清赏里说，赏凉花宜爽月，宜夕阳，宜空阶，宜苔径，宜古藤巉石边。

欣赏最高的境界是知道对方的美在何时何地才更新鲜。如同相爱，不盲目不附庸，用对的心待爱的人。

愿意把一些人比作凉花，相信经过岁月的洗礼，能够沉静下来的，一定是发现了生命之美的人，与他们对话，宜在月下空阶苔径石边，一是因安静有慧语，二是因空落见凝实，三是因知心有相安。

相安的妙处体现在平和和知晓，恰如两个人，不争论不纠缠仅凭动作与眼神便灵犀相通。

人一生遇见一个懂自己的人太难，不是自己多深奥，而是那人不想看。一如书在桌上，是红楼还是西游，不对的人不会动。

不要忧伤，不是路太长，是有些人走着走着就散了，包括我们自己，迷路不可怕，最怕迷了心。

人生的完满需要时光来检验，它绝不徇私很是公平，所以能明心见性的从来都是自己。

辛晓琪唱，多么痛的领悟。我却想说，多么好的相安。遇见一个爱的人那么难，若是让他不安，不如不见不知。

回头看，有些人就是来成全自己的，只是当时我们不知道罢了。入戏的永远是自己，别人大多是旁观。

劝自己与劝别人向来不同，只有体会了悲欢才知道痛的滋味与安稳的好。所以，如果爱就用力爱，如果不能像蝴蝶般共舞，那就做海边的灯塔，在潮声中领悟进退的密语，去引领迷路的人。

亲爱的，不论是否日月不睦世界倾斜，都别觉得孤单，只要存在，我们所有人就都能迎来与对的人相安如知的一天。

雨在花外

秋雨向来如歌，只是曲调幽凉低回婉转了些，犹如风过桂树，婆娑而下的皆是相思，直待有心人能将之收拢熬成一碗茶，坐在光阴中细细体会还不曾散失的暖。

远山如鱼脊，近水寂寂，风裹着泥土的气息仿若从春天来，我在窗前想去一首词里领会秋意。

极其喜欢这般妥帖寂静的时光，犹如看着花开，仿佛每一缕香气都有一个故事在氤氲开来，至于雨，任它留在花外，做一幕挡风的帘。

自然的美在于以天地为纸，风霜雨雪为句，山水为情节，故事辗转与否还要看和万物亲密几何，下笔者非时光莫属。

认为时光用笔一向力度分明，它所刻画出的种种都是必然要存在的，至于是花是雨，在于自己。

寂寂的午后，我捧一本书在窗前听雨与盛世的声响在自然的琴上缓缓流淌，有薄薄的寒气飘浮若烟。

始终认为人活在自然之中是件幸运与美妙的事情，犹如行走在花上，是染了香气的，如若还能遇见心爱的人，想想都很美。

人能安稳妥当地活着极为不易，在生老病死面前，每个人都是尘埃，若能在其中开成一朵有风骨的花，则是一件美妙的事情。

没有人能轻易得到上苍的眷顾，一分耕耘才有一分收获，如同雨在花外，每一种际遇的由来都必须在对的时间对的地方遇见对的人。

书上说，每个人都有自己的命运，一生的所有遇见和得失只是为了让他的心逐步完满与圆润。

所以愿意平静地活着，在每一日里修行，不为什么，只为拾得世间小小的好，去温暖自己和身边的人。相信世上的每一种好，都是我们人生路途上的星光，可照亮人心。

素来不喜沉湎于往事，人拥有力量是为了好好活着，而不是用以返回昨天和折磨彼此。

极不喜欢与人、与事纠缠，是不愿将曾经的好拍散和沉在失败里迷茫。人与人在这世上是为了取暖，即使不爱也愿彼此安好。

不愿去质问，因为所有的语言都是蓓蕾，有什么样的心就会开出什么样的花。

人与人之间没有平白无故的感情，对一个人好是因为他爱，一旦不爱，两个人的感情生机便是断了，爱情也会随之枯萎。

相信每个人都有过难以诉说的伤痛。疼痛的好处在于让人知道自己活着，至于思念则是花外的雨，让它继续纷纷扬扬，不能走近那就相隔相望。

人间最好的相爱是两个人都在花上，一个跳舞一个欣赏，一个沉睡一个醒着，一个织梦一个实现。

所以世上的一切并不都是旧句子，所有的故事都有线索，只是需要我们在经历时去慢慢体会爱的苦心与欢喜，然后与之平静快乐地找寻。

书上说，快乐犹如山涧流水，所发的声响皆缀着文，每一句都是时光中的明珠，里面装着喜善与光明。

浮生若水，虽然不是所有人都能得到爱情，但我们不要失去喜善的心，不能行走花上，做一个在花下想念的人也不错。

相信每一个想念都具有力量，都奔赴在路上，至于能抵达哪里，如同雨在花外，自有安排。

林清玄先生有一个"愿能送你一轮明月"的故事，极为清亮，摘月赠人犹如送人玫瑰，于人于己皆得光明。

读故事的人永远比写故事的幸福，因为我想说的你已娓娓道来，如那花外的雨，是生命里最晶莹的灵犀。

立夏

  在公交车上听人说今日立夏,更加上外面清亮天光,恍然觉得这个夏天来得快如猛虎。

  整个春天,几乎未成一事,大多数时间都处在混沌状态,如同折了翅膀的鸟,无法找到回归自然的路。

  极不喜欢没有方向感的日子,心头的平静犹如木桶里的水在倾斜后缓慢流下,不用多久,就会露出狰狞面目。

  或许人在行走中才能清醒地知道自己的所在,以及所要去的地方和所要等的人,至于在路上与谁擦肩,以及与某个故事失散,属于偶然。

  喜欢安稳,认为稳定和自足是上苍给予我们的最大恩赐,世间所有的美好必然是从这其中延伸而去的。

  在人流涌动的街头,看来来往往的人,男男女女、高矮胖瘦各具姿态,仿佛在盛世的天空下出演一场戏。

  一向愿意迎着光亮活着,相信在永不停歇的时光之中,每个人都是美好嫩绿的生物,所遇所见的都是种子,终会在心里生长成众生皆安的美好。

  不知谁在远处呼喊,有无风自动的妙处,将我从无端的妄念中扯回,不由轻轻一笑。

  极为渴望在行走中有清风明月相随,不被尘世所束缚,在飘逸中得以安宁。如果拿沉沦的俗常来换取现世的安稳,我宁愿坐在山顶望一川烟雨,独善其身。

  其实,人是矛盾的,一边是责任,一边是本心,哪一个都重要,只是没多少人能够做到平衡。一直保有赤子之心的少之又少,大多的人在穿越数个季节后已忘了初衷。不是他们不好，而是事实太过妖娆。

在洒满阳光的街道上漫步，梧桐的枝头早已见绿，稠密的世事在远处此彼起伏。

季节在无声地转换，仿佛有种力量从未知的地方滚滚而来，风雨兼程，洒下一路星光。

向来对自然的力量充满敬畏心，包括节气的转换，以及日月星辰的起落，不仅仅是审美与尊敬，更多的是想与它们平静相处，以求获得心灵的平静，然后在心上慢慢勾勒出静美的生命画卷。

不想说辜负，这个世上，很多故事走到最后都是缘分尽了。从不埋怨，既然如此，不用再说对错。

其实，人的每一步落下，在惊动时光之前，最好先惊动自己。为谁倾城都可以，一定要知道春花过后是夏风，秋月凉尽是冬雪。人必须要接受盛放与衰败，没有绝对的永恒，一切风景都存在着转变，顺其自然就好。

不要遗憾，不是我们不珍惜，而是境遇的转变造成了我们必须在某个时刻会分散开去。所以，这个世上没有谁必须带着谁，能在一起，是因为心里有你，一旦离别，曾经的好只是故事。

人要学会感恩，对那些沸腾、轻灵、飞翔、安静的过往感恩，对那些曾在我们生命中扮演了重要角色的人感恩，对那些养育我们与对我们好的人感恩，对那些与我们擦肩而过的人感恩，以及身边出现的种种，他们都是见证了我们成长与存在的目击者。

书上说，每个人最初时都是香气淡雅的茉莉，只是在不同的际遇中有人越发芬芳，有人无色无味，更有人无法让人靠近，这怪不了谁，所有人都是从春天来的，至于开什么花结什么果，都是自己的选择。

日影西斜，这一日已经属于夏天，我看着飞过天空的鸟，轻轻地自语。

忽然想起一句词，心有猛虎，细嗅蔷薇。心头有春花落下，纷纷扬扬，飘飘如雨。

夏天，你好！

胭脂

窗外有雨,绵密如织,空气清凉若染了月光,让日子似花瓣上的水珠,粒粒剔透。

光阴重重叠叠,我像一只夏虫般坐在窗前听一帘雨声,心生欢喜。

有栀子花的香隐约如诗,只是想不起是从哪本书里走来。握一支笔,在洁白的纸上写下"胭脂"两个字。

胭脂,在心底一直是抹嫣红,如花园里的玫瑰,每一朵艳红都可以是一个传奇。对于传奇,向来不以众人的观点对待,喜欢从人性本身去理解,所以从不诋毁也不盲从。

至于生活,更是如此,每个人一生都会有跌宕起伏的时候,坠落后,我宁愿沉在谷底看书,也不向往站在山顶张望。

喜欢"胭脂"这两个字,一是因为它本身就有丰茂动人的意蕴,二是因为生活的故事本该如它般富饶多姿。

故事的意义在于它能让人有足够的回味与质问、领悟与拒绝、沸腾与冷寂、欢喜与哀伤。

至于姿态,却是要经过万千山水才能凝聚的风范,他人无法模仿。所以,栀子花只能是栀子花,而玫瑰就是玫瑰。

张爱玲说,也许每一个男子心里都有过这样的两个女人,娶了红玫瑰,久而久之,红的变成墙上的一抹蚊子血,白的还是"床前明月光";娶了白玫瑰,白的便是衣服上沾的一粒饭黏子,红的却是心口上一颗朱砂痣。

好一个"明月光"与"朱砂痣"的比喻,犹如柏拉图遇见弗洛伊德,每个人身后都有成群的信徒,无法分出输赢,也不必分出输赢。

知己与伴侣，如素颜与盛妆，一手阳光一手明月，才是最美的存在，只是生命从来都不会尽如人意。

早年看《胭脂扣》，并不能懂梅姓女子眼睛里的苍凉与不甘，后来明白，并不是每一个人都能成为蝴蝶，有些东西终会令我们感到无力，所以她说，我不再等了。但张姓男子依旧幽幽地唱，愿那天未曾遇，只盼相依，哪管见尽遗憾世事。

想起另一部小电影里的片段，他来找她，她盛妆相迎，他看见她面上的胭脂，犹如看见了她的苍白。胭脂在这里不是丰饶，而是破败。可见人心两面，怎么看全是一念之间。

爱情会否也是如此，喜欢时胭脂里的红，艳了他的心，不喜欢时它只是为了装点美丽而无法掩盖去本身的苍白。

忽然明白《胭脂扣》里那句——我不再等了。有过美好，即使被辜负又有何妨，毕竟我曾出没过你的内心，至于你再不再来，我再不再等，那是你我各自的事情。

人间日月长，谁是谁的永远，不是以爱燃烧时光，而是以生命熬成对方心尖上的胭脂，用以点亮与妩媚自己和那人的心与姿态。

无风相扰，午后如一枚琥珀在安静地回忆往事。细雨如幕，好似世间千丝万缕的联系。

句子在书上自由呼吸，或许是在构思世间最曲折的故事，至于如何从幽暗走向明媚，又会引起多少恩怨，且随它去。

玻璃干净犹如无物，我坐在窗前轻轻闭上眼睛，静静聆听心的回响。至于你的声音以及其他会否如约而来，交给岁月。

唯是时光

果然是到了春天,即使尚早,可也有了暖意,阳光清澈、微风徐徐,使人生出回到少年的错觉。

在路上行走,如游鱼般穿行在热闹的街市,各种尘世的声响此彼起伏,这活生生的世界,着实让人欢喜。

与许久不见的同学相遇,在相互打量后,他说,我们都在老去,要注意身体。报以微笑,认真地答,但我们还有明亮的眼睛。

对于诚挚的言语极为欢喜,如一个人若愿意以真面目见你,自然是撤去了所有的防备,至于你会以什么样的面目对他,属于德行。

仓央嘉措在《那一世》里说,那一世,我转山转水转佛塔,不为修来世,只为在途中与你相见。言语恳切,意蕴悠长,仿佛一个人站在阳光下,字句从唇齿间缓慢而出,身后是纷纷扬扬的花雨。

流动的尘世,没有人是孤单独行的,我们在众多的交集中游动,一边生存,一边找寻前世的约定。所以要相信,我们皆是穿越时光的生灵,在无法回返的路上,所遇见的一切都是最好的,所有丑陋的存在都是为了提醒我们要好好活着。

向来欣赏以自己喜欢的姿态活着的人,即使身外风雨,依旧安坐在自己的庐中煮茶抚琴,即使暮声来临也可让黑夜许以美妙梦境。

一直认为时光清凉如水,给以火候,便可热烈和沸腾;给以幽凉,便是沉寂和冷漠。如同人生,从开始种下结局。

哲人说,不要在乎人情凉到骨子里,心中能烙印下的种种都是必须留下的和最好的,这是时光最美的馈赠。

所以,无论世事如何沧桑,我们又如何在命运中翻腾,都要无所畏惧，给予我们最公平的存在，唯是时光。

素喜在热闹中保持一份悠闲与清醒，犹如从精神中分出一缕神识去与光阴融合，得以用平静的目光看世上的事，不惊不喜不怒不悲。

始终觉得，人的一生如同修行，每一寸光阴里的种种都是幽谷的钟声，至于能慧悟多少，各凭心性。大多时候，我们走到哪一步和走多远从来都是靠自身的努力与魄力。

极为佩服通过艰苦奋斗成功的人，他们就像在崎岖蜿蜒的路途中一路走到山顶的一刹那，日光升起，他们不仅获得了生命的霞光，更是驾驭了命运。

人活着是需要勇气的，面对命运挫折和未来奋勇向前的勇气，不问时光以什么样的方式打磨内心，最终的目的是为了让自身完满与沉静。对时光臣服的人，犹如沉在时光之河中的鱼，然而能泛舟其上的人才是最飘逸与洒脱的存在。

越来越喜欢看过年的风景，不愿听别人说一年不如一年的话，一直喜欢我们的春节，红红火火，若把时光比作人，而中国红则是他脸上的妩媚，只给懂他的人看。

每一年春节，都会在老城区走很远的路，看看各家门上的对联，虽然渐渐少了手写和多出许多重复的对子，依然还有让人回味的句子和让人喜欢的字迹。一路行去，耳边有燃放的鞭炮声，心越发安静，仿佛自己是走在时光的脉络之上，每一步都有美妙的体验。

人该是向着喜庆去的，我们美丽、哀伤、幽婉、豪放，所有的一切都在内心与良善的力量之下生发的，而给予更多美好与存在的，只有时光。

天光清亮，长空上悠然飘过朵朵白云，还有风筝，以及鸟和传递各种情意的信。

在街市的一角，静静地看身边流淌的春光，等候属于我的明天与钟声，以及感谢所有出现在生命里的人。

白月光

　　长夜如海，世间的声响此彼起伏仿若潮汐，明亮的星光像精灵的眼睛，如练的月光沉静似词间春水。

　　书在桌上任由故事发展，不知名的夏虫在低低私语，光明与黑暗相互交融，一只鸟轻轻划过夜空飞向远方。

　　众多的影子在身外停留轻轻呼吸，还有风声、字迹，以及心有所应的灵犀。

　　喜欢这样的安静与洁白，光线摇曳若因果，缘分在其中次第开放，仿佛一朵朵禅语，这时无须相问，懂或不懂早已种植在心底。

　　每个人的心里都有一枚种子，至于光阴不过是一句需要认真领悟的对白。

　　对白，此时无用对白。你我心中所有的念想已经生长，在这场白月光之下，纷纷扬扬如一枚枚蒲公英种子，至于最后落在何处能否丰茂成林，深信只要有过风雨兼程的努力，最终的结果都不会影响彼此心底的欢喜。

　　向来认为，最好的相遇是彼此的喜悦随着时间的推移更加鲜亮。所以凡事不执意结果，因为不是所有的询问与付出都有回响，即使告白。

　　告白从来都不是用于衡量得失的，能够心灵契合的永远都是人本身，即使表面上并不对称，这是感情的妙处。

　　好的感情如留白，说与不说无关紧要，心若相通，一个眼神或微笑足矣。至于想念，更是心的春暖花开。

　　私下认为，假如两个人遇见，真需告白，最好在满弦如镜的月下，望着彼此的眉眼，即便没有美好的音色，相信每一句真诚的言语也是染了月白的诗。

一直喜欢月白，还有梨花。一个可在心头舞雪，一个能在心底芬芳，哪一个都是美好干净的温柔所在。

书上说，心里若有花，每一处都可是花园。心里若有你，世上每一个人都与你相似。这是一种美丽，有着点化与指引人向最美地方行进的力量。

始终相信，每个人所拥有的力量必定要与自然相容，人的力量再伟大也不过是自然的一个眼神，皆在天高地远之下。

一个人能成为自然的眼神也是一种好，至少还是明亮的，可让心灵更为新鲜。

美好的心灵应该是光阴中的花儿，不会随着时间的推移老去。给以阳光，便可灿烂；给以月色，便可幽婉。

如果可以，我愿右手捧着太阳、左手捧着月亮，同时拥有灿烂与幽婉，或者与你一起明媚与忧伤。

夜空辽远深邃，极目远望，仿佛能听见银河流水的声响，以及在它之外的某种召唤。

白月光静静地落在身上，窗外是幽深的尘世和茂密的人生，伸出手去，柔软的光线在掌心游动，犹如佛语。

夜寂静如花，墙壁上是摇曳的树影，或许还有天使留下的身影和画。

地上月华灿烂，像一朵朵充满生机的花，会否一路开到你的心里？！

落在花上的尘

走一条小径,路边有许多细碎的小花,星星点点,色彩斑斓,风一吹,若青春少年,身外皆是生动的现在。

阳光清亮,风中有隐约的花香,没有人声鼎沸,就这样走,如同身在时光之外。

如同身在时光之外,多么美好的念想,像两个在异地相遇的故人,只一个眼神,故乡的风景就到了眼前,至于是歌、是诗、是画,皆由它去。

诗画人生是每个人都向往的,虽然生活从来无比真实,属于自己的自然也无从躲避,但心有念想总是美的。

在一簇茂密的花前停下,站在那里静静地看,连呼吸都不愿有大声息,唯恐惊散了它们的快乐。

光线飞舞,其中有无数细微的尘土颗粒,浮浮沉沉,仿佛迷路的游子,不知该去向何处。

这不是一个局,应是一场欢喜。心头没来由地跳出这样一行字,然后微笑。其实,这世上随处都有可见的欢喜,只是有时我们还是不够安静和少了发现的心。

有尘埃落在花叶上,如沉静的字,这是细微不问未来的停留,让我仿佛在看一个长途跋涉的背包客,仰躺在松软的草地上,天上有轻轻走过的流云。

路在前方,我在路上,至于理想只有去走,才能抵达。这是一本书里的话,极为认同。

那是一本语言质朴感情真挚的散文式小说集,记录了一个身在旅途的背包客停留在成都、拉萨、丽江等地的所遇所见，他的身边总不乏拥有赤子之心的人，他们不是他的追随者，而是真性情的人之间的相互吸引，他们为了某个梦想从四面八方聚到一起，又由于种种原因散落天涯，在时光中如同尘埃，他们痛并快乐着，活得极具生色，或者说是流光溢彩，缘分对他们来说，就是一朵花，而各自是不同的尘埃颗粒。

为了某个梦想抛却现在的安稳，这需要极大的勇气，所以在那些文字的背后，我会感慨，也会泪眼婆娑。那是一条未知的路，不是每个人都能走到灿烂的花前。

如果人间所有的生灵都是游子，最后沦为尘土，也愿大家都曾落在花上，皆染了一身香气。

素来认为时光是朵美丽而充满玄妙的花，而一切最终都会成为尘土，至于谁能落在其上，则看谁拥有更多的勇气与力量。

能驾驭命运的人，自然是芬芳的。顺从时光的人，若能在命运的转弯处留下挺拔的背影或温暖的眼神也是一种美。

其实，在时光的平行线上，我们谁都不曾走远。远的不过是人心，以及渐渐收拢的翅膀和梦想。

人活着大多时候是沉浮在既定的范围，如同茧，能破茧才能成蝶。所以，人一生能积攒多少力量让生命的圆精彩与饱满，不仅是运气，还要在百转千回后，拥有一个永远鲜活的内心，以及旺盛的信念与理想，并孜孜不倦地去实现。

有风南来，更有欢快的笑声从身边流过，这一直是个鲜亮的人间，我轻轻舒一口气，然后继续走。

细碎的小花在风中摇曳，游鱼般的尘埃在光线处显露身形，唯愿每一粒都是染了香气的，至于飘去何方，不闻不问。

一切总有归处，是花是尘都无妨，心安即好。

花下不焚香

日光如炉火，烈烈不可夺，若想于自然处觅得清凉，恐非山谷莫属，其间树荫如盖、鸟声清越，以及碎花、蝴蝶、寺院，或者其他。

七月向来如热汤沸腾，似乎尘世有某个秘密即将浮现，光线雀跃几欲飞离天外。夏季行至此处，已然茂盛。

盛夏在我眼里像极了一个内在黏稠的故事，所有身在其中芝麻绿豆般的往事都无比鲜活灿烂，像花树等来了春天。

最好的相遇大抵也是如此，一个人能让另一个人如花开放，这是尘世不可多得的美，如同花园里的两朵花，经过数度轮回，最终发现原来你也在这里。

生命的美大多以动态的方式体现出自然的巧妙与深意，能从宁静中汲取力量去追求心灵契合的人，像熏香炉里的香料虽是材质不同，一样有燃烧自己的大决心。

一个没有决心和毅力的人无法拒绝沉沦的诱惑，烟雨红尘有太多千娇百媚，也有束缚心灵的绳索及其他。

久未登山，沿途风景如画，石上苔藓依旧深绿沉静，时光新鲜，如路边的细碎小花在风尘中摇曳。

素喜观看生长在道路两旁的花，它们不艳不娇平实安静，像极了隐在俗世的修行者，力求于热闹处领悟心灵安静的玄机。

在我看来，心的安静犹如坐在花树下听风，呼吸着温软的香气，让人忘记身外纠缠不清的光阴。

欣赏那些不畏生死倾力追求理想的人，将悠长的时光捻成瞬间一步跨过，更像陷入爱情中的男女，心灵碰触的刹那也可是彼此的永恒。

钟声清越，在林海间激起波波涟漪，我坐在一块石上，看树间跳跃的斑驳光影。一只鸟停在光亮处状若琥珀，小小身体仿佛蕴藏着偌大的天机。

　　林子因钟声更显安静，万物在各自道路上轰轰烈烈地行走，互不冒犯自然妥帖到让人敬畏。

　　老子说，道法自然。我无法触摸其真正含义，只能狭义地认为，它是遵循道的轨迹与力量用本心与之融合以求内外圆润使得生命完满无憾。又或许是，于万物中寻找机缘，让心如花般灿烂，为生命的存在而庆幸与歌唱。

　　歌唱只是活着的一种姿态，对于我来说，更愿意用文字的方式去清扫内心的尘垢，以求救赎自己曾犯下的种种过错与辜负。

　　至于姿态，认为只有从本心生发而成的形象才是最好的妆容，就像一朵花，失去生机终要枯萎。

　　还有一种人，能在时光里将自己凝结成一块香料，以燃烧的方式成全别人，或者将爱放在心底，没有所图，只愿他好。这极具静态的美，其中裹着无数的无奈与心酸，舍不得放不下拿不起犹如有血从眼里滴落，只是他人看不见，着实让人心疼。

　　袁宏道在《瓶史》花崇中说，花下不宜焚香，犹茶中不宜置果也。夫茶有真味，非甘苦也；花有真香，非烟燎也。

　　每个人对爱的真味理解与际遇不同，得花成香也属命运，君生我未生，君生我已老的遗憾比比皆是，不是不爱，而是错过了年华，没有在对的时间遇见对的人。

　　花下不焚香，如果一切命里注定，那就各禀天意在滚滚红尘中做逍遥良善的自己，即使不得也无妨。

　　世界的精彩在于容纳万物的缘起缘灭，顺其自然和坚持到底都是抵达人生圆满的途径，如果命运早已安排我们会以什么样的方式相遇，那就一路向前不用回头。

　　因为相信繁华世间任何一种缘分都是以道的方式存在，唯请允许我坐在花下修行，若还有清风朗月绕身，袅袅花香为朋，该有多好。

与物无伤

日光如此灿烂，却有飞雪如絮，尘世仿佛幻境，让人有如庄周所处，想问谁为蝴蝶。

年来一直平常，但行至此日，却生起这般妙事，心中难免生了欢喜来，这是人生难得一见的美景，若有故人从远方来，相对而坐，可茶可酒。

人一生若能遇见一两个可茶可酒的知己，也算是美事。这薄凉的尘世，身边能说上心里话的人少之又少，不是不想，而是不敢，怕受到伤害。

其实，大多人都觉着活得辛苦，不过是没有放下心里的欲望与执念罢了，因为我们所有人都受困于规则与规则之外的诱惑。

简室清寒，衣上若有风，呼吸皆静。纸张安然，我坐在木椅上，将一杯茶看去明前。

只是春光怎能一眼看尽，假若能捻住一缕明前茶上的风，已经足够让人修行无数年了，毕竟不是白素贞之流，自是没有奇妙手段。

说到这里，想起一人，他说，人的手段不过是与物无伤自取安好而已，其他都是妄念，易坏人心。他是我少年时邻居，人称四爷。他养花朵朵夺色、养鸟只只能语、对虫声精通莫名、对鱼直呼之为朋。

他喜欢酒，闲时会说往事，常有妙语，他说，人若与万物为友，便是得了万物。他说话时神情肃穆，仿佛身在另外一个世界。他说，光阴是不老的，老的只是人心，人若世故，心则难以安静。

一直认为安静若一幅画，里面有花鸟虫鱼，我不认为安静是寂寂无声，它应该是玄音漫漫，在人血脉里串联着人的精气神。

喜欢夜晚，不是因为日间需要劳作，而是在静静的夜里能听见一切都在路上的歌声。对未来并不恐惧，因为从来都相信好的在路上。

我相信好的在路上，我会与身边的生物、光阴，以及声响，微笑相向引以为朋。

今日是上元节，和陈三与黄五娘相遇的那个上元节没有不同，与王安石以联为媒的上元节也没有不同，同样灯花明灭、万里共月、山河在春中。

只是青山依旧在、几度夕阳红，这一日果真还是他们那个上元节吗？当然不是，有的只是山河万物，不同的是故事重叠仿佛相似的人罢了。

物之为长久，大多如草木春风吹再生，而人之长久，不该只是传说而该是说传。

人在尘世匆匆数年，大多只为传说，能有人为之立传的寥寥无几，不是我们不够好，或许只是我们少了一些兼顾苍生的心。

小艾说，与物无伤是为了更好地聆听世界的声响，这世上所有的擦身而过皆是缘分，请为彼此茂密而努力。

喜欢云淡风清的句子是因为能从中感受到一丝生机与温暖，向善向美从来都是每个人所期待的，我不是例外。

在路上，有风徐徐，街上人头攒动，每个人都笑颜如花，这是美好的人间，禁不住如此想。

三月弥生

　　穿过寒冷，轻轻抵达三月，日子还是那样的日子，却觉得人轻盈了很多，当然与衣着的减少有些关系，但似乎更接近精神的脱困。

　　不愿去回忆，随着年龄增长，越来越怕人间的生离死别，如坠冰窖，见不到春暖花开。

　　实在是不喜欢那样的场面，生机与希望被拦腰斩断，空余悲哀在风中流转。

　　说好了不去陈述许多年都没有过的寒冷，还是忍不住会想起、会沉默，以及仰望远空，奢望有束光芒飞来，其中裹着父亲的微笑。

　　加缪说，一个人只要学会回忆，就再不会孤独，哪怕只在世上生活一日，你也能毫无困难地凭回忆在囚牢中独处百年。

　　也许我还不曾学会怎么回忆，不知怎么用类似手术的方式，慢慢剥离其中一部分不喜欢的。不是因为某些苦痛太刻骨，而是觉得生命的每一秒，都是盛放着的命运。

　　与小砚说起《瓷器》，回头去看很久前的一封信，以及早年的文字。

　　相信每个人，每时每刻都是真的，即使是那会儿所留下的种种，音乐、文字、言语。即便是演戏，情节也必然在骨子流淌过，所以才演得真实。

　　决定给没有写完的文字和故事一个未来，给它们一个美丽、哀愁或者无言的结局。

　　既然人生是一个在行走中修行的过程，那就让过去的种种与我相随，在美好的三月，一起苏醒，然后茂密葱茏。

　　没有人是孤独前行的，暂时的孤单，只是还没有遇到把我们聚积在一起的力量出现，就像散落在尘世的禅珠，总会被穿成一串念珠，不再分离。

极喜欢一个人是明亮的，内外皆安的明亮，每一天都如新生，如同春草青绿。喜欢那些用优雅的姿态，把回忆打理成花园的人，是他们把现在筑成抵达永远的桥梁。

母亲说，人还是有希望的好，不要过于悲凉，过去的存在是为了修饰今天的所有。

不想去问一个人如何做到淡然于世，那是修行的结果，就像经历四季，才明白季节的好。

从来喜欢三月，不是因为花开满树，草长莺飞，而是认为它像没有开悟的人，终于从尘事的蚕茧中获取生机，破茧成蝶。

认为一个人只有经过尘事的包裹，才能将过去生长成自己的翅膀。

所以，所有依附或者穿过我生命的回忆都是必须存在的。相信经过漫长的分离后，终会在某天相聚，成为种子，发芽开花，结成果实。

窗外明亮的春光照进来，像熟悉的故人从远方来，心里充满喜悦。

微笑着抬眼望出去，北湖边上的柳树已青翠依依，水上有鸟戏水比翼。

一切都仿佛在梦里，又如此这般存在着，那么新、美和刚刚好。

其实，人每一个瞬间都是新的，因为再也无法回去，所以必须珍惜。

同样的三月，桃花人面相同的没有多少，故事需要延续，最好把自己修行成明亮的现在，安静看一场花雨。

既为三月，也为新生。

寒露

天空难得一见地清明，仿佛在等一场久违的相遇，天光浩荡映照着人间美景。

流水悠然，水光如碎镜，岸边有鸟，唤作白鹭，在临水照花般梳理毛羽，不远处有簇绽放的野菊。

最喜这样的天气，薄而不单，凉而不冷，独处在寂静中似乎可以触摸天意。

天意，对人来说是融合在大道中的玄机，古往今来参悟深透者寥寥无几，故而谁与谁是那朵相似的花才显得分外妖娆与神秘。

小艾说，这世上，每个人都是不完满的，之所以有人信奉轮回，是渴望在前世今生中找回自己。

人生犹如一场孤独的旅行，若能够在魂灵未曾破灭前找到前世落在今生的身影，与之去往他世重聚，该有多美好？！

微风轻若词句，裹着草木花香，若一场慈悲的相思，即使相隔遥远，一个爱字便可抵达。

小城的菊花开到这时更显浓烈，一朵朵争奇斗艳，如一场科举，才子佳人们各自明媚。

向来喜菊，可赏可茶，更可枕出一夜清梦，至于梦后记得几许并不在意。身里身外何时是梦让别人去好奇。

好奇从来都是让人迷恋的花和酒，看多久醉多浓各凭心性，只有勇于投身其中的心才能得到最真的心与滋味。

一个人如果没有一颗勇敢的心就无法抵达梦想的巅峰，想一览众山小，就要有征服大山的勇气与决心。

认为每一朵花都是有勇气的，明明知道开放到最后是枯萎，依旧不怯不退，如同直面命运的人，自然芬芳郁郁。

天空有鸟飞过，成人字南行，季节总有不可抗的魔力，驱逐着生灵在生的路途上辗转东西。

恍然觉得人如同一滴露珠，当从云端跌落后，所能控制的已然不多，情节都在别人笔下。

戏里有句对白很是苍凉，嫁鸡随鸡，嫁狗随狗，虽是这么说，但却如落进人心的寒露，所有的柔软渐渐成了叹息。

《诗经》有云，蒹葭苍苍，白露为霜，所谓伊人，在水一方。多么远的距离，芦苇已苍，露也成霜，而她还在水的那一方。

等与寻大约是人生命季节里谁也无法回避的脸谱，只是为他唱到最后能否携手，恐怕谁也无法预料。

不是所有的付出都有回报，不是所有的相思别人都知道，唯愿不怨不恨最好。

唱机里传来低回歌声，"秋天该很好，你若尚在场，秋风即使带凉，也漂亮。"婉转若诉，如同花上露。

只是花上露又能香几许？凉风一过，即使用力，也得落去。

纪弓鱼说，人活着不是为了看悲凉，而是看故事背后的山顶起朝阳海上生明月。

一直喜欢这样的句子，那是用力从万物中汲取营养而生出的欢喜心，如同露珠得了佛性，成了人人所喜的水晶。

一滴寒露能成为水晶，那是多么美好与玄妙的事情，如同人在阅读尘世时获得了飞翔的翅膀。

如果可以，我愿是一滴露，无论会落到哪里，只要能与你在一起就已足够。若你在路上被风吹寒了心，我会燃血为你吹去心底的寒意。即使不能成为水晶又何妨？

　　夕阳西斜，水色如染，水光落满了菊花般的明黄，带着秋的意蕴悠然向东。

　　天空苍远，我在岸上静静等暮色来临，希望可以在星月未落朝阳未起前，将寒露一一收起，为你煮一盏茶。

第二卷 诗酒趁年华

美丽如雪

天空阴霾,像极了人心头久久不愿散去的愁绪,气温极低,终于有了冬天的凛冽。

街道上依旧人来人往,熙攘尘世似乎从不因为季节的变化而露出丝毫的情绪,即使其中沉浮着诸多的生老病死相聚离别。

在一条街道的末端,听到一句话,"或许有一场雪"。来自一位素衣短发的女子,她身边有一个微笑的阳光男孩。

哪怕在一场雪后分散,也相信你的气息会陪我走完今生。心头没来由地涌上这一段句子,心底一凉。

或许见惯了人世间太多的聚散离合,在未曾祝福前,竟然先想到了迟暮。足见我的内心并不光亮,仍需修炼。

书上说,一个人的心性决定了他的命运,如果没有足够的智慧与底蕴,不如安下心来好好地过每一天。人间所有的积累都是从一点一滴开始的。

人间所有的积累都是从一点一滴开始的。由此可见,一个能在命运沉浮中,还能安静下来为将来慢慢铺陈与积累所需的人,是多么难能可贵。犹如大海行舟,在别人眼里那出没风波的飘逸,也只有自己知道其中的辛苦与沉重。

或许真的要下雪了,风中隐约有北方飘雪的味道。忽然想起极北的地方有个叫雪乡的所在,据说极好,如天堂一样地纯净,让人心生美好。只是不曾去过,听来的美丽,如同在一本书里遇到故人,心中难免会有欢喜。

站在红灯的路口,身边聚集的是静静等待绿灯的路人,不知我们曾因此修行了多少年才在这里相逢。看他们静默的脸，心头有温暖升起，很想知道我们曾在何时有过交集，其中会有多少的故事，只是无从问起。

美好的故事是每个人都愿意见到的，只是身在其中时，我们并不知道究竟有多美。待到事过境迁，用一生的时间来沉默与试图忘记的那个人，才是我们今生最美的存在。

当一个人用温和的方式述说自己的故事，并不是他已经置身事外，而是他已学会了用平静的心去欣赏与怀念那段身在其中的所有，以及懂得最好的相守是相安如在。

只要你在，我就会在。这是在一个人的个性签名上看到的句子，觉得好，所以一直记得这充满暖意的句子，让人不觉孤单。

小艾说，我们从来都不是孤单的，无论我们在什么时候遇见什么样的人与苦难，都是必须遇见的。如果没有相遇，我们就没有过去。这些都是我们修行的部分。

一直觉得把一生当作修行是件辛苦的事情，所有的分寸都要拿捏清楚，实在让人厌烦。如果可以，我愿意是烟花或者飞雪，一场灿烂或者洁白以后，即使沉寂也无妨。这不仅仅是我，说人生若只如初见的纳兰大约也有这个意思。

无端的束缚便会让人有局限，就像辽远的天空，若只允许鸟儿在一定的范围飞行，恐怕人们很难再看到雄鹰。

如丝线般的歌声在熙熙攘攘的街道上飘荡，如一缕含香的木犀，其中的妖娆自会有有心人去分辨。

在一个唤作九九的广场上停留，看孩子们牵着气球来回跑动，等从国外工作归来的友人，恍然领悟属于我们的少年早已不在。

其实，每个人都有自己最美丽的年华，如一场纷纷扬扬的雪，至于能飞舞多久则看他的内心。若能拥有一颗永远年轻的心，实在是件让人神往的事情。

在小小的餐馆里饮酒，说一些中外不同的话，人在对比中才能看到别人的长处以及自己的不足，从来都不是坐井观天的人，但有时还是中了太多天马行空的毒。

　　一个人过于细腻难免会有许多细枝末节的苦，如同一株含羞草，一有风吹草动就收起了枝叶，不是不对，而是人与人只有接触才能看到对方的心。

　　人很多时候，都是自己把愁容划深的，或者伤痕。雪的美好不是遮掩，而是让人在清凉中看到所有的故事都是飞舞着的，而且片片洁白。

　　"命运已乱了，如何笑，怕惊动面上余震。"这是容祖儿一首歌里的词，冷静而清醒，如同一朵开在悬崖上的小花。如何笑？若早已如此，换我就不问落了以后会如何，不如听着幽谷的风，看天外云卷云舒。

　　一个人想太多，不如做脚踏实地做好一件事。破了相没什么，最怕破了心。

　　听窗外呼啸而过的北风，忽然有种青春被翻阅的错觉。仿佛自己穿着白衣闭着眼睛坐在夏日的天井里，身边的声响原来都不过是细雪之声。

　　人所有的经历如果都是无可避免的存在，都是细雪之声，足见美丽如雪，只在于我们是否生有一颗与雪相同的纯净之心。

幽人贞吉

秋光已然收尽，小城自冬息初始以来，天气格外好，清凉的空气停在人的肌肤上犹如幽居的蝴蝶。

小小的院落一如往日般无所悲喜，石台上的菊花依然盛放，墙角的虫子也还在私语，今日与昨日似乎并无不同，尘世的故事或许已经百转千回。

曾在清秋的某个夜晚，构思过一篇小说，演算命运般逐步将情节向前推进，可惜最后没有着笔，最主要的原因是弄不清楚自己要表达什么，或者是要告诉别人什么。

一个人演一场戏，演到最后才知道自己居然是局外人，剧里的种种只是别人的悲喜，与自身毫不相干，是多么残忍与可笑的事情。

苏芮有首老歌，歌词极好，"因为爱着你的爱，因为梦着你的梦，所以悲伤着你的悲伤、幸福着你的幸福。"从来都认为只有自己用心与懂得，才能打动别人。

写文一直是个爱好，不为谋取他物，只是把想说的话以文字的形式表达出来，愿意在内心平静时，在纸上写下一行字，让它们如一枚枚蒲公英种子载着我的思绪飞远，至于最后落在何处，不去追问也不愿给予方向。

我认为，方向隐约带着抗拒与夺取的意味，年少时极不喜欢，所以读书也是尤喜性灵一类，故而本性不喜受到约束，人到中年，才知所谓的命运还是和自己的心性有着关系，骨子里的东西早已决定了人生的路途与风景。

所以从不埋怨，即使心底有浅浅悔意，也会渐渐被理智吹散。路从来都是自己走的，有人帮你指引你，已然是福泽，应该感谢，至于多少不能强求。

有人看我的文，一度认为写这样字的人，大约是生在云端的，不接一丝地气儿，不是过于幼稚，就是心里有太多的不舍。

不想评说自己，在时间面前，所有人都是单薄与脆弱的，能在心头多一份美好的愿望与温柔，即使不能照亮别人，留给自己翻阅，也未尝不是一件美好的事情。

近日翻看《周易》，读到"幽人贞吉"一句，心头豁然一亮，似走了许久的悠长峡谷，总不见天光，这一日前方终显明亮，是多么的欢喜。

曾游济南灵岩寺，记忆最深的是其间一块题字为"欢喜坚固"的匾，如遇知己。宛如万里之外遇见故人，一开口是乡音。

烟火人间总有一两人或某件事能打动自己，就像走着走着忽然发现路边竟然开满了自己喜欢的雏菊，不仅亮了眼更亮了心。

人最难得的是在一个人面前打开心扉，甚至愿意为他低到尘埃里去，想来，一部分是为了爱，另一部分是为了忠于自己的内心。

人不能没有爱与信仰，对万物没有畏惧心的人是可怕的。所以，能把自己对他人的感情与好当成习惯的人，是值得敬佩与爱护的。

这世上是一定存在缘分的，谁遇见谁无可避免，一如两个人，一个天涯一个海角，一个府城一个野村，一个庙堂一个幽居，只要缘分到了，总会由于某种原因碰了面。

人生的精彩大约就出自此处，之前的种种都不过是锦上添花，一切只为了与他相见，然后与之爱恨离合，不问结局。

一直渴望能够做一个幽居在时光之中的人，无论人生如何起落，依旧尊崇大道看淡别离，内心平静信念坚固地活着，对每一日都心存欢喜，相信总有一天，属于我的终会到来。

如此看来，幽人贞吉的"幽"字何止只是幽居，更是让人在时间的河流中洗去铅华，以幽深宁静的姿态迎接人生。试问，心若安稳与明净了，那世上还有什么事不可越过？

至于贞吉，内心若存喜善，与万物关系坚固，必定会等来美好。

夕阳晚照，静静的小巷犹如某本书里的句子，没有风，也没有鸟，只有明黄的光线如丝缕。

天空清亮若明镜，苍山蜿蜒而远，我在冬的季节里居住，用喜悦的心等一场雪以及春天。

诗酒趁年华

故友南归，对话中依旧有乡音，已是极淡，若不熟知，自是无法辨别而出。

语言对任何人来说都是藏在心底的柔软，无论行走多远，都不会丢弃，至于其中有过的伤痛与欢喜，或许早已被光阴做成了诗酿成了酒。

听他讲述经历，不做评论，只愿做一个倾听者。一个人在风霜雪雨后，身上或多或少会落下岁月的痕迹，其中必然有着不为外人所知的种种。

一两句轻描淡写的对白无法驱逐人心底的寒冷。不是每一个人都能给别人春天，凉薄世间能遇见两三知己已是幸运的事。

小馆唤作随和，在幽深的杨家巷尽头，风格简朴，让人有回到旧年的错觉，虽不是吟诗之地，酒却可以畅饮。

推杯换盏让多少人成为胖子不得而知，但沉浸在酒间的时光如风般漂亮，吹走人几许愁绪。

他说，你是一个喜欢蜷缩在时光中的人。我以微笑作答。他又说，避重就轻足以让人飘逸，只是年华从不曾安静。

只是年华从不曾安静，蓦然听他一说，内心颇为震惊，不由怀疑自己的安静是不是虚伪的妥协？

我看着他的眼睛，轻轻地背诵出海子的诗，"和所有以梦为马的诗人一样，我选择永恒的事业，我的事业，就是要成为太阳的一生。"

他轻轻一笑，说，你想说谁的安静都是存在的，只是别人看不见而已。可惜你不是女子，辜负了一颗幽婉的心。

对于酒，我们都不擅长，如同写文，也只能勉强堆砌字句，若是酒逢知己千杯少，那恐怕要了我们的命去。

不是不欢喜，而是适可而止，凡事有度，才不会泥足深陷，毕竟青春不再，哪儿还有什么值得挥霍的存在。

这世上，所有过来的人都曾被青春俘获过，或诗或酒、或烟云或草木、或沸腾或沉静，都是它的鼓面上轻舞的蝴蝶，只是最后纷纷散去。

年华的美好妙处，在于人不知道未来也回不到过去，只能逐步验证与追寻，最后得以心安的，是在进退取舍间找到了立身的所在。

一个人无论爱与被爱，都要清楚自己的所在，人间的爱情不是诗也不是酒，更不是年华里的游戏，而是懂得尊重自己的生命和对方的感情。

门外忽然下起了小雪后的第一场雨，飘飘洒洒布满了巷道，大有轮回的味道，如见年少。

此时遥望年少，犹如隔岸观柳，所有的风都不过是让柳条摇曳的旧句子，那些新鲜的过往任谁都可写成诗歌。

每个人最初都是佳人，身有丹心，只是多年后揽镜自照，没几个眉目里还有最初的赤诚与欢喜。不是我们变了，而是大多时候我们不懂如何遮蔽风尘。

如果可以，我愿世人皆有翅膀，以飘逸的姿势遮挡风雨并且勇敢地穿越生命的沧海，若能吐气如兰更好。

其实，若有灵魂可以安顿的现在，也未尝不是一首诗，佐以茶酒，也不失了年华的好。

苏轼说，"诗酒趁年华"。另一句"人生得意须尽欢"，约是此句的最好解释。人生匆匆，转眼青丝换白发，拥有青春时的任性与骄狂渐渐远去，如同满天的烟火消散后，只余酒杯对着月亮，里面盛了多少怀念和话语，更说与谁听？

人到中年，才知道诗酒同类，但最好不要自斟自饮，好酒好诗要和朋友们共同分享，也只有在朋友们的觥筹交错高吟低唱之间，才是对生活的不辜负。

所以，趁着还没沉沦，还有年华时，好好珍惜，懂得感恩与回馈，时光才能晓得你的好。

在爱里，我们不难发现，其实每个人的心都是飞着的鸟，只等着飞抵你或他温暖的巢。

半卷书

  天空干净悠远，街道似乎居住着风。树影摇动，夏天渐行渐远。我在一簇菊花前寂静如字。
  其实，每个人都是一个蕴含了秘密的字，只是看懂的人太少，一如每个梦想都是真的，可实现的却屈指可数。
  日光落在书上，纸张如瓷似有生命。封面在光线中不动声色，可故事凄婉动人其间好似布满尘埃。
  这是一本描写民国时期的书，故事的背景是上海。小贩、旗袍、弄堂、桂花糖无不代表了那个时代。
  一直认为每一个时代都会有很多属于它特有的美丽，后人无法模仿，因为那些美好早就与时光亲密相连彼此游动交融，已成书卷。
  我轻轻翻动书页，努力将整个人沉浸到故事中去，试图走过那一段飘着旧时光的街道，像一个旁观者般读懂命运的真实所在。
  作者叙述舒缓，每一个词句仿佛都经过斟酌，似乎害怕失了民国的味道般用心。对细节的处理尤为精微，不落痕迹地表达了它们存在的意义。
  其中一段我甚为喜欢。男人从外面搬回一台留声机，女人问是什么。男人说，这是会唱歌的机器，然后将唱片放进去，歌声如水，瞬间抵达。女人惊喜地看着男人，眼神明亮，拉着他的手说，谢谢你。男人笑着拥过女人说，别说谢，我只是爱你。
  生活不过如此。一个给予一个感谢。不矫情不浮华。只有懂得付出与感恩才会让生命精美。
  故事的最后，男人因为执行一项任务失败，死于非命，女人穿一身华美的旗袍去见他最后一面。没有眼泪。她捧着他的脸说，无论你去哪里，我都要和你在一起。

她从乡间来，偶然的机会与他相识，他本不想与人纠缠，但却无法抗拒内心。他想不出爱她的理由，可爱没有理由，命运无所顾忌地将他们安排在一起。

她后背中枪，抱着面容平静的他，却并不知道他死前内心安稳，因为他已为她安排好了去处，只是他不知道，她一向听话，这一次却并未如他所愿。

悲伤与欢乐、湮没与淡然在书里此起彼伏，让人看见了生命的承受能力似乎无限巨大，好像命运所有的赐予皆能容纳，只是有谁知道这其中包裹了多少的忧伤与不甘、愤怒与呐喊。

这本书分上下两卷，如果可以感性一些，我宁愿只看书的上卷，因为他们在其中邂逅、相爱以及相处，没有波澜没有怨恨没有离散，只有甜蜜与寂静的相待。

书的下卷太过悲惨，他即使用尽全力也无法与她相守，他知道命运就是如此，他不想她因为自己的离开而伤痛，安排她去了另一个国家，可他并不知道她无意间发现了他的秘密，早已有了与他同死的心。她知道自己的世界因他灿烂，她对他最好的报答只能是用生命与之契合。

我并不太赞同她的做法，从不认为同生共死是爱的最高境界，私下以为，如果爱的两个人，其中一人无法继续存在，那另一个人要为他好好活着，为他看尽世间美好，即使苦痛。

暮色四合，我掩上书，窗外有鸟飞过，落了一句不知所谓的话语后渐渐远去。

我看着绿色的封面，不知名的植物在其上葱茏茂密，明白故事在书里可以无限延伸，而我却无法将之分割，即使它分为上下两卷。

如果可以，我宁愿沉在上卷，慢慢构思他们以及自己的最好的命运。

翅膀

坐在一片明亮中，耳边流淌着尘世的交响，热烈与沉寂如同两条河流诉说着人性的安乐与悲怆。

没有闭着眼睛也没有冥想，相信心若是静的，谁都可以听见自然的华章，以及关于生命的种种。

始终认为在光阴之下，每个人皆是从幽暗走向光明的使者，身上都流转着命运与轮回的诗歌与深意。

没有风，杯子上的花似在摇曳，类似幻觉，像梦里见蝶，身里身外都是带着翅膀的句子，或者多彩或者隐晦。

迷恋这样的时光，安稳静美，一切似乎都被是恰到好处，没有所谓的早晚，只有际遇之手在挥洒着温柔与凛冽，使得芸芸众生在过往中领悟疼痛与快乐。

冷暖分明才显现出生命的珍贵，只要有心，终有抵达圆满的时日，不要急，这世上，毕竟存在许多玄妙不可解的事情。

说起有心，尘世间有心人怕是汹涌如潮，但大多的有心人会折翼在错对之间。不是造化弄人，也许我们明明知道，却绕不过或是不愿、不舍、不能绕过。

所以有人愿意相信对他好是前世欠下的，这一世苦就苦吧，就当此生只是为了来还他的。信得唯心、活得凄苦，这是对命运的洒脱和虔诚，令人心疼。

这确实是种凄凉的洒脱，需要有极美的心做支撑，如同琥珀一样绚烂夺目，只是风尘无法掩住他眼神里的那抹黯然，人一生若能遇见这样的，一定不要失去，好好珍惜。

君生我未生，君生我已老。这是大遗憾与大不舍，只是在对错面前人又能如何？因为每个人的背后不仅仅有翅膀，还有翅膀下的种种。

《圣经》里说，每个人都是有翅膀的，天使与我们不同，在于他们纯粹没有负担，而人从得到生命起肩上便有了世间的各种道义与牵绊。

曾在一本书里看过一个女人对丈夫之外的男人说：人之所以来人间，不仅仅为了修行，而是为了领悟天地之秘，我之所以爱你，是因为你能让我懂得破败的来源与我心的所在。

阳光依旧明亮，忽有风来，惊起桌上散落的纸张，动静相依，仿佛听见书声琅琅，来自天外。

此时不用去读字，字已从心中来，这是天马行空的好，像美好的情感，可遇而不可求。

绿萝如着青衣的女子在微风下更显安静，好似有着无比幽深的故事，不为外人所能知道。

一直希望自己是安静的，不惊扰别人也不伤害别人，对命里注定的种种心生敬畏，不怨恨不逃避，即使自己呵气成冰，也愿日后风化如烟，只想那人能做最美的自己。

忽然想起一句台词："一切都好，只是人老。"怔怔地看着窗外，心有惊惧，时光果真好快，如似飞刀，在磨去我心上的棱角后越发迅疾锋利。

落落说，年华从来都是轻描淡写，但笔力透彻直至骨髓，所以一线一念皆是人生。

喜欢这样美丽的句子，但还是愿意避重就轻地想，若能躲刀锋，在日子的光亮下，做一朵向日葵，待到花瓣落尽，也可站天空之下与荒野同在。

其实这也只是留一个梦给自己想象，是为了让生命有个翅膀，给活着多一些美丽与理由、辽远与明亮。

喜欢轻盈地活着，即使翅膀上缀满了尘世的纷扰。

月白的纸

连续晴了几日，空气里的阴寒渐渐藏了身形，恰好月中，到了夜晚，便有月来。

没有酒，也不是对影三人，那种愁，不适合我。某人说，人总是不同的，心性、面相、境遇、成就等等。

好久不曾写字，不是忙碌，只是感觉越写越心虚。无论怎么写总被人这样那样理解。本不是表达，只是叙说。

叙说本身不存在色彩，有光亮的是故事本身。至于细节，则是花上风，如何吹皱心湖，外人从来无力得知。

每一个人都有他不为人知的苦痛与快乐，外在的表露只是内心的一部分。从不试图解释，怕句子会因此苍白。

苍白和月白究竟有多远？看着窗外摇曳的树影和夏至的安静，还有矮墙上散着幽香的蔷薇，猛然想起一句话：你我自是一属，都不过是月白纸上的字，无论怎么折腾，都会归于沉寂。

我看着月光下的世界，由远及近地细细打量，这片有着无数生灵轮回的天地，写满了生的勇敢。

其实，你来了我老了，他去了时光远了，都不过是一句托词，真勇敢不仅仅是决绝，而是面对苍白和见识苍白，或者自我湮灭。

好的感情若月光，千里之外，你始终在我心上，即使没有拥抱，你还可以在我眼里。

不是不恨相遇，而是相信，所以不去理会心里的苦，白纸从来都是用来记载的，只是我渐渐懂得将那些字隐去身影。既然无力抗拒，自己也相信是美，不如让之长青。

有琴声穿过寂静，让夜更美，令人生不出怨愤来，犹如春风下的垂柳，飘荡间着生的道韵。

极为喜欢"道韵"这个词，认为里面充满了生机，只是凡人能与之契合的太少，至于明月能拥有多少，不为我所知道。

苏轼说，明月几时有，把酒问青天。恐怕想问的不外乎是生与生命之外的道路罢了。我个人还是喜欢道如诗词，有着韵致的美。

人生能够自我圆润，总比尖锐好许多。好比月光，一出东山，我宁愿看见欣喜，而不是哀伤。

假如能有一张不老的如月般的纸，我会写下你的名字，还有故事，然后去轮回，关于结局，不闻不问。至于来生是故人、仇敌，或者亲朋，只要遇见就好。

人一生能遇见的人还是太少，因为知心的总没几个。

需要见的总是要见，需要还的总是要还。月白的纸，月白的字。如心迹。

人间皆是好去处

近日阴雨绵绵，到处都是湿漉漉的，打开书，似乎有水声流淌。

不大喜欢雨水没个停歇的模样，让人有身在他乡的错觉。

坐在公交车上，耳边是孩子们的闲语，大约的意思是这个天若是下漏了，不知道会落下个什么精灵来，不禁莞尔。

在潮湿时也有光亮的内心，实在是件美好的事情。人不怕没才，最怕失去鲜活存在的信心。

公交车缓慢行驶，每个停靠站有人下去也有人上来，如同我们擦肩而过的缘分，微笑着看向街市，自是一派繁荣景象。

这是美好的人间，脑海跳出这样的句子，心虽有波澜，面容依旧平静。

书里有云，人间皆是好去处，极为赞同，认为人处在任何环境都是历练，身外种种皆是生命不可分割的缘，只为让内心走向圆满。

我们一生所遇的一切都是绕不开必须经历的，包括亲情、友情、爱情。

人因为有情感与思想才高于其他生物，最好的活着，应该是让情感丰饶、让思想深邃，以及控制好自己的心情与心境。

人活着更多时候就是个心境，听风是风、看月是月最好，一切都是真实存在的，风月自可无边。就怕听风不是风、看月不是月，分不清身在梦里还是梦外，人失去了真，能得到的或许只能是梦。

民间的传说里有太多一梦千年的故事，只是醒来后，又有几人能带回梦里的相遇？

人世间不同的人有着不同的迹遇，但最后谁也无法拒绝生命的枯萎，能在有生之年，让其明亮，总比风雨飘摇好。

撑一把伞，在干净的路上，虽有水迹，却不妨碍行走。

路边有老人安静地坐在那里，像极了雕塑，透出让人心生安宁的诗意。

坐卧皆安，大约是人生最理想的存在。能做到问心无愧，对得起自己所经历过的，对得起自己的心，更对得起天地大道，如同奇遇。

天下人大多认为人不负我我不负人，也许在这个意念生出时就错了，就像一朵花不能渴望开而不败，总有人会在路上与我们失散，所以不存在谁负了谁。

在杂志里看到一句话，你太直，说明你自私。那一行字，我用了很长的时间思考，不在意别人的感受，脱口而出的语言等同于飞刀，伤了别人的同时又何尝不是伤了自己。

人可以失去一个朋友，但最好不要失去一个知己。如果他没有硬如磐石的内心，但请斟酌你要说出的言语。

没有人不在意别人对自己的评论，也许他可以将那些语言看淡看轻，犹如走一条天路，不问身外的风景，但不代表那些语言不是种子，至于最后能让他的心成为花园，还是其他，无法预料。

春有百花秋有月，夏有凉风冬有雪；若无闲事挂心头，便是人间好时节。如果季节同样也是一处所在，轮转着来去，究竟是为了要告诉我们什么？！

安妮宝贝有本书叫《得未曾有》，记录了书中人物的经历与对话，当读完最后一页，才隐约理出个缘由，为什么这本书叫得未曾有。

人在未圆满前，一切的人与事都是一个去处，其中的风景都是为了告诉我们，目前的得都是虚幻与不长久的，距离真正的得还有很长的路需要行走。

所以，无论我们现在走在什么样的路上，只要心存真善与美好，不欺瞒内心与天地，最终都会有所获得。

斜雨纷飞，我平静地路过一个个风景，向暮色深处行去。

相信在我停留的去处，一定有我今生的温暖。

冬天

早年想与人说，冬天给我的感觉，像是一场火烧到最后，只留下惨白灰烬，风一吹四下而远，若落到心底，连骨头都如染了无尽的寒，只要一动，心里的热气儿渐渐散了去，人便形如枯槁。

那时极不喜欢这样的时候，犹如手上捧了一本书，读着读着人就冷了，何止是茶，还有故事，以及一些渴望触及的念想。

人处四时，光阴荡荡，生起种种念想是情理中的事。人一生能遇见一个爱的人是幸福的。如不能相守，也可美了思念。

思念的妙处在于有人在心里，无论怎么折腾，那个人是活生生的，也包括自己。犹如酒喝到八分醉，雾里看花般享受着美与眩晕，以及散去后的寂寥与苍凉。

冬天我是喝酒的，不为想起谁，大多三五人聚在一起，天南地北地聊着，推杯换盏间好似忘记了生命的孤单。这是人与人之间的温暖，彼此靠近的方式有很多种，这样也不失为一种美好。

曾在一本书里看到一句对白，女子问心爱的男人，你觉得酒好还是我好。男人不假思索地回，酒里虽是藏着慈悲，却还是你好。

却还是你好，多么美的表白，让人温暖，如冬天里的傲雪寒梅，红灿灿若火一路开向心去。

小艾说，这是暗香浮动的岁月，每年的冬天都该是刻骨的，我们所有途经的年华都是为重逢而准备。

我不知道在一场雪后会否遇见你，如果一切早已有了结果，而我所等的人早已将我忘记，我是否还有心情将这个冬天当成一句诗来读？

始终认为读诗最好的时光是在夜里，尤其冬夜，四下一片寂静，月光是凉的，星光也是凉的，一字一句地去，声音散在四下，犹如花瓣飞舞，香气袅袅，那时身外哪里还是冬天？

其实冬天还是好的，除了让人分外清醒，读诗、看雪、听风、吃火锅，还有蓝天、白云以及手掌间分明的温度、眼神中的缠绵与期许。

若是用文体来表达四季，如果春天是诗、夏天是散文、秋天是小说，冬天则更像一本情节简单的回忆录，文字并不华美，却更入人心。

一直喜欢爱憎分明，从前总不愿让心归于混沌，现在明白，好的生命，不是忤逆，而是顺应与表达，慢慢圆润内心，以及给予与接纳。

听路人说，这个冬天不太冷，在我看来，冬天冷不冷还在于心里有多少阳光。

忽然想起那句，冬天来了，春天还会远吗？嘴角不由上扬，微微一笑，开始张望春天。

每个秋天都很好

天空湛蓝，白云悠悠，这一日仿佛与所走过的秋天并无不同，一样的九月，一样的菊花黄，以及木犀香。

素喜九月，没有缘由。若被追问，回以生于此月，宛如故乡。

故乡向来是人心底的柔软，承载着一段无法回转的时光，犹如烟花般的生命片段已为此生绝唱。却因无法模仿与还原，故会从心底缭绕出淡淡愁绪，若三月的春风虽裹着桃花的香味，却也凉得漂亮。

至于我的乡愁，并非只对某地的眷念与回望，还有对某个心境、某些花开、某条流水、某段时光，以及以其他形式存在的种种的珍惜与缅怀。

小巷极为安静，绿色的藤蔓爬满了墙壁，光线摇曳，角落里的苔藓似乎睁开了眼睛。

没有人语，只有风，我站在窗前，看犹如空镜的时光轻轻走过，努力寻找其中属于自己的美好。

细想人一生能拥有的其实不多，若能将所经历的美好培育成一株花树种植在心上，相信连风骨都是香的。

愿意做一个有风骨的人，在铭记与遗忘之间以静默的方式对待事物与情感，将饱满与虚无用心度量，故而不是所有人都能见到我的癫狂与火热，得以所见的绝对是我认为最亲近的人。

让一个人沸腾的最好方式是切入他的情感，只是最好心存善意，因为不是每个人都能轻松走过思想的冬季。

秋天的街头依旧热闹，路边的梧桐依然青翠，随之一起茂密的还有尘世的声响与艳丽的繁华。

风光只是别人眼里的表象。歌里有唱，你不是我怎知我痛。属于自我的光鲜与残破他人无法看透，只有自己才知道鞋子是否合脚。

风中的木犀香如秋天的背景，透露出苍黄的缘由，以及生命的清脆、绵密与浓淡。

生命的浓烈与淡然都是对自己了然和对命运坦荡，犹如登高望远，山川河流的存在是为了诠释起伏与柔顺，对于出没尘世风波，我更愿意拾得一枚红枫，小坐秋天。

哲学家说，人生是一个圆，起点也是终点，蓬勃与泯灭不过是对立存在的两面，想获得永生只有经历无数磨难才能抵达彼岸。

喜欢说四季是种轮回，觉得每个秋天都是种新生，可以过滤去我的焦躁与偏见，让我更想感恩与道谢。

这世上没有人必须对你好，有人对你好，那是穿越你生命的福音，若无以回报，就请心怀感恩。一饮一啄才是最美的轮回与经历。

经历是为了验证谁是与自己生命契合的对方，用尽心力也无法抵达其内心的，大约是还没修足缘分。

风花雪月的美在于让生命精彩，至于苍白与黑暗是过于执着与无端的毒，只有时光才能缓慢解去。

所以不要怨恨，路都是自己走的，大多数人都是你生命旅途上的风景，只为让你这朵花蕾获得所喜的颜色，至于开放的力量还需自己去获得。

每个人最终的形象都是自己塑造与完成的，至于华丽与孤寂犹如春花与冬夜，取决于选择的位置。

爱情大约也如此，春夏皆美，秋天也很好，至于冬雪，更是生命中与他逐渐融合后生成的亲情与提炼而出的柔软，纷纷扬扬时，任谁都喜欢。

细细想，人毕竟是肉胎凡身，难免会有错过，若面对时是真的，不如坐在秋天遥望冬雪，不惊不喜地看着它沉浮，坐成秋的姿势，拈花微笑。

始终认为微笑是秋天早晨的一缕阳光,可以拨开人生的迷雾,露出本性的良善、优雅与安静。

　　相信只有安静的人,才能从繁华的尘世书卷中,窥得与领悟生命的残破与完满,以及生的勇气与四季的美丽。

　　日色柔丽,我坐在九月的尾部,遥望十月的天空,白云与候鸟轻盈走过,露出明媚的蓝。

　　每个秋天都很好,我对自己说,双手合十,祈愿与众生一起平安度过,任风在身后吹起满树花雨。

寂静

　　雨后的天空若一面寂静的湖,只是没有云朵如鱼。空气难得一见地清新,让人有发自心底的欢喜。

　　素喜这样的时光,不热烈不黏稠,生物们皆如文字,无论怎么堆砌都好。安稳与妥帖大约便是如此。

　　许是厌倦了动荡,不再心比天高,渐渐懂得,生活不是浮在纸上的华丽,而是沉在书中的寂静。

　　人一生能够写在纸上的故事太多,那些沸腾的、飞扬的、沉默的、隐忍的种种都是生命的花朵,统统被称为过去。

　　所以每个人都有过去,不要问有多少不为人知的苦痛与甜蜜,直待事过境迁,我们需要的是用怎样的心情去看那些花开花落。

　　故而常会去聆听内心里,于旧时光中存留下的,对命运的呼喊,去逐一辨认彼时的面目,慢慢发现那些面目正在融合重叠,既像一枚即将成熟流淌着因果的果实,又像是吹过生命原野的微风。

　　愿意相信,那些呐喊与质问真是吹过生命原野的微风,洗刷过灵魂后,现在已带着光亮远去,留给我一片触目可见的绿,至于是花园、牧场、森林还是小溪、叶子,或者其他,任凭自己。

　　境由心生的,或许不仅仅是景色,还有命运以及其他。

　　种瓜得瓜种豆得豆,谁也不曾耽误过谁,即使爱情。

　　一直认为每个人一生都可以遇见心中所想的"那个人",至于能一起走多远,不仅需要缘分,还需要磨合。

　　每一种遇见都需要经营,生命的可贵在于用力活着,不问归宿。

　　接纳与付出,进取与退让如花开花落,最后能够收获果实与诗句才是最美的得到。

收获一个人的心远远比收获一个人的其他重要，就像能在浮华中捻一指寂静，便如觅得了生命的本源，随时皆可以引起他人共鸣。

寂静安然从来都有引人注目的光彩，人性的善良也是如此。

小艾说，请许我以木屋与寂静，还有日光与月亮，不论岁月多么跌宕，我也要种一路蔷薇。

虽然时光并不总美好，它能轻易洞穿人世种种，但我们若能心存希冀与美好，将过往书写成华丽的歌曲或者优美的诗句，我们还用惧怕谁？

从不埋怨过去，彼时会走，回转了去还是会走，心性使然。就像明明知道不是每一朵花都有果实，还是愿意安静地接受命运。

给花一缕温柔目光，又何尝不是给自己留一份明媚。

书在桌上静静地摊着，光线犹如沉睡，没有风，只有渐起的暮色和渐远的光阴。

我坐在一枚字上冥想，任其慢慢沉入寂静。

一晴方觉夏深

骤雨终于远了，天空清净仿佛镜面，透着玄妙不可言说的深意。

人间葱茏，在明亮的光线下，犹如在透彻水底的倒影。

这时的尘世是我喜欢的样子，且不管它是梦是真，能让人快乐与自如的就是好所在。

把读了很久也没读完的书摊开在桌上，让之也沾染或摄取几缕光亮。

有树声婆娑，听来比雨滴落在其上受用了许多，至少心底生不出忧伤来。还是喜欢清明的时光，再美好的雨巷总是潮湿的。

认为人与人之间晴朗多于阴霾总是好的，能一笑泯恩仇，又何尝不是另一种海阔天空。

海子说，面朝大海，春暖花开。多么有力量的一句话，可以轻易穿透时光的烟雨，露出新鲜的明天。

天刚刚晴稳，连房间都显得生动了很多，从外面流淌进来的光亮仿佛在唱着喜悦的歌。

风在轻轻翻阅桌上的书，好似被其中的故事深深吸引，久久停留。

因景感怀该是每个生灵都拥有的特质吧？欢喜还好，感伤还是免了，个人觉得活的喜庆点总比哀怨要好。

其实，人是难以做到只闻花香不谈悲喜的，所以安静地抵达，从来都需要经过千山万水。

西窗外，苍翠的山峦像从梦中醒来的蝴蝶，翅膀上有民间无数的欢喜，山名唤作琅琊。

琅琊又名琅耶，一直有盛名，源于宋时的文豪欧阳修与苏轼，从没因时光转换落了名头，只是越发沧桑了，灵动的气息也沉静了许多。

许是古人将灵气藏进了关于它的文字里，希望能在某天有人能将之还原成最初的模样。

每个人都是带着自己心中的一切去向最终要去的地方，唯愿我们能记下他们的好，让这个世界越来越美丽。

词里说，流水落花春去也，天上人间。真是一句好词，尤其是春去也，洋溢着脱尘而出的洒脱，仿佛一个游子，一手托着故土，一手是百年辗转的时光。

人生百年在时间的浩渺长河中犹如一粒尘沙，即使也是一个世界，又怎能敌得过命运的安排？

所以生活的酸甜苦辣只有经历后才尤为深刻，我们之所有奋斗，也许就是为了避开那些不喜欢的人去和自己爱的人重逢。

一个人自始至终都能干净清爽地存在着，无论穿越多少烟雨，都有一颗明亮的内心，实在寻常人毕生追求的最高境界。

我默默地看层叠起伏的繁华，想，假如尘世是面池塘，想成为出淤泥而不染的莲花究竟需要修行多久？四下静宜，无人作答。

邻居的孩子又在弹琴，曲声幽婉，如同一首长长的诗，仿佛带着明亮的香气。

不知从哪里飞来一只蝉，旁若无人地歌唱，在它夏的小调里究竟藏着怎样的玄机？

朋友打电话来说，天晴了，一起去喝酒吧。我在电话里问，喝酒也要天晴？

喝酒也如遇人，需要对的时间与对的人。同样是春夏秋冬，却有不同的故事在发生。

听他如此说，心头一亮，仿佛雨过天晴，方才知道夏天行到这里原来早已深浓。

长短句

春天将暮,冷暖依旧交织,叫人不明所以,只是日子如常,谁也越不过,莫不身在其中经历悲欢。

日光寂静,我坐在一块石上看山水环绕。风景如画,其中有风、鸟鸣、人语,或者其他。声响与颜色皆静,让人欢喜。

将目光停在一朵花上,没有蝴蝶,却有纯美与朴素流淌其上,这是岁月无法描摹的真诚,若故人眼睛里的原来,不会因为尘世延伸而忘却。

陡然想,人间的花朵会否是某人留在世间的信笺,只为让所见者得以明悟,只是在这杂芜的人间明心见性的人又有多少?

始终认为活着就是修行,彼此间若能心照不宣也是一种美。如果不得,不如相望。

一只鸟飞过干净的天空,向春的更深处而去,留下单薄的背影,这是生的勇气,就像那句,只要你在天涯等我,无论多远,即使用尽全力我也不放弃。

极其喜欢充满灵性和明慧的文字,它像夜空的星星,更像洞穿梦境的眼睛。

经常做梦,时光在其中折叠,有时仿佛置身事外,可咫尺天涯,我知道自己永远也回不到过去。

如果可以,一定要回到过去,不是为了忘却,而是想让遇见更为明媚。至于其他,皆随遇而安。不是不想争取,而是知道一个人所能拥有的只有那么多,其余都是伤害。

一直认为遇见是为了成全生的美好,至于繁华过后能否守住心的清明，则是境界，不是人人可得。

其实，得与失从一开始就已注定，只是我们不自知罢了。至于后悔、怨恨、指责等等不过是暮春的花瓣，被尘世的风一吹只会落地成泥，留在枝头的种子，才是我们所追求的美。

相信每个人心里都有一枚种子，只是不知在经历尘世轮回后开花结果的还有几人，对此我保持沉默。

从不认为沉默是无言，人生不过是长短句，华美或者粗糙皆出于自己，别人怎么理解那是别人的事情。对于那些他人不能理解的部分，就让它着墨于瓷胎之上，经过凡尘烟火后是什么就是什么。

早已不与人去评价计较他人，好与坏从来都因人而异。如果不是圣人，自是心有瑕疵，不必惭愧，只要努力还在，早晚可以弥补心洞。

小艾说，尘世种种都是指向生命本源的，每一种人生都是为了让生命更为完满，道不同，心才会有千千结。

想来也是，每个人的命运不同，所途经的风景自是不同，彼此参照后难免心有不平，也许这才是波澜起伏的人生。如果可以，我愿沉在水底，看浪花朵朵白云飘过。

天空有白云如马，光线寂静，太阳像挂在廊沿上的风铃，照进心里的皆是声响。

小草在脚下蓬勃生长，我与石头心有默契，长短不一的句子相互交换，让我仿佛听见一缕来自远古的钟声。

风吹过苍翠的山林，哗啦啦的叶子声落地成句，我依稀听见——

每一个春天都是我们所等的，至于生命与相遇还是且行且珍惜。

第三卷　瞬息浮生

注脚

  天空晴朗,即使是夜也显清澈,既像黛色的玉,幽深不可碰触;又像某个太过玄妙的故事,汁液饱满毋庸揣测。
  有星子布满天空,颗颗灿烂,似散落在原野上的小花,朵朵照人,只是不知是谁的手笔,好似随意点拨,却惹人欢喜。
  这世上讨人欢喜的景物其实很多,寂静小巷、水边幽草,或者路人也如一界,需要用心体会。
  始终认为一切浮华的外在都掩饰不了他或她本质的形状,或山或水或花或草或得或失皆由心生。
  其实,我们每个人都是一个句子,只是颜色不一。当两个句子汇流成一句后会有什么模样或者意义,还需光阴去证明。
  所以总有错觉,人所拥有的生命皆是重来,那些沉浮在尘间的熟悉只是早年的遇见,以及为了证明某个句子的含义。
  相信大多数人都有对未曾谋面的人或景或物没有缘由地熟悉,好似深识许久一见如故,这是浮游在人间的温暖,也或者是某个句子的注脚。
  人一生所遇见的种种大约都有原因,或文或诗或词,每一句如酒或者茶或者书,都是沉在血液中的,只为在某一瞬给人以欢娱与灵光。
  曾在灵光闪现时,想,我们所能懂得的人生是否早已被注解,我们活着会否是在重新翻阅过去?
  对于重来,有莫名的畏惧,如果光阴折叠,我究竟是重游还是为了再次见你?
  前些日子在书里看到一个句子,某个失去爱情的女子说,一直以为我的光阴是重来的，能与他到一起，只是为了爱他，后来才发现我以为的不过是一个注脚，我所应该获得的是珍惜与理解而不是怨愤与颓废。

这本充满神秘色彩的书里写了几对男女的爱情，或美或苦或明或暗或涩或甜，极为喜欢故事的结束语：人一生或许是文章也或许是注脚，无论哪一种都是遇见，值得感谢，因为下辈子我们即使遇见也已面目全非。

一直喜欢俗常的日子，混迹在市井中与人喝酒高语，或临水冥想，至于光阴如何在身边重叠不闻不问，不相信轮回，因为我怕自己到时早已忘记了自己。

如果我连自己都忘记了，还会能记得谁？

某日，女儿伟伟说，你老了，我说的你不懂。不由微笑，生命行到此处，儿女羽翼渐丰，我们究竟谁是谁的文章、谁是谁的注脚？

窗外灯火灿烂，城市华美幽深，逶迤飘荡在其中的声响彰显着盛世的美。

有虫子在玻璃上固执地想着穿过，或许为了追随光明，这是顽强的魅力，透成生命的坚韧与美好。

看着不知名的虫子，心中微动，蓦然明白，这世上的所有皆是生命的字迹，种种经历都存在它宏大的史诗中，早已亲密无间不分彼此，即使你我也只是相互的注脚，证明生命的繁复、美好与绚丽。

霜降

秋雨绵绵，若一场不得的相思，缠绕在人的骨子上怎么也除之不去，令人眼神也多了几许迷离。

撑一把伞，行走在湿漉漉的街道上，听身边尘世流动的声响，渴望能从其中获取照亮身心的明媚。

安定与好该是每个人都想拥有的，只是浮生荡荡，不如意事十之八九，或许唯有那些对事物与爱一直存有执念的人才能最终获得。

好的执念是一种美，像枚晶莹的种子，在人的心中慢慢生长，至于是花是树或者其他，只待日后才能分明。

路过一家唤作百果的糕点房，飘散出草木的气息，如遇春天，心头不由涌上浅浅的欢喜。

有风如信，许是从夏天来，想伸出手从虚空捉几个字细读，却被孩童的笑声打乱。

没来由地想起一句话，是一位美丽的女子说的。你不会知道我何时来，但你要知道我的思念已霜华满天。

念念不忘，在如水的时光中情感最后凝成霜华，只有你才能化解成春，这是多么清亮与美丽的相思，人一生若能遇见一个让自己念又念自己的人，那该多幸运。

故事的美妙在于它是有年轮的，在光阴中沉浮越久，经过传诵的人不断修补与完善，早已成了夺人心魄的轮回。

所以，相信任何一场相逢都有深意，即使最后分离。所谓在劫难逃，大约就是这个样子，明明知道结局，却还是愿意去经历，哪怕是伤痕累累。

会峰路依旧如常，即使秋光渐浓如霜，也如不惊不喜的看客，任由时间远行，但那一行行桂树虽落了花黄却还有隐约香气。

冬青依旧青翠，似乎忘记了季节的存在，只是12℃的空气凉薄逼人。

季节的好是让人在飞扬、热烈、饱满与沉静中找到自我，而不是以摧残的方式燃烧生命。

很久没有看书，最主要的原因是静不下心来走进故事，因为从不认为其中的悲欢与自己无关。

对于书，愿意以朋友相称，不同的书就像不同的人，一见心喜与霜降如思的时候还是有的。

其实，人与人之间唯有静静相处以后，才能渐渐获悉对方的种种，仅凭只言片语去概括一个人是不理性的。每个人都有自己最美的时节，只是能否恰好在人面桃花时遇见最懂的人属于缘分。

纪弓鱼说，没有谁必须对谁好，能够念念不忘的，不仅仅是爱，还有慈悲地懂得。

一个人懂另一个人是难得的，用宿命的话说，是在几世轮回中结下的因果，并且在这一世还能记得，是多么好。

记得是个美好的词，若茶似酒，彼时种种滚滚流过心脉，自己怎么想，何必与人说？

小艾说，人间所有的经历都是在此起彼伏的季节里寻找那个与自己身心契合的人，不要放弃你的坚持，终有一天你们会相见。

也许，只有愿意坚持的人才能最终获得想要的际遇。就像一朵蓓蕾，拥有执着盛开的信念，才能斗艳春天。

天光终于见晴，湿润的雨意抱着风，露出它单薄瘦削的背影。

在红灯的路口，看来来往往的人流，其中包裹着一对对亲密爱人，相信在许多个春夏秋冬以后都能修成正果。

即使不能又何妨，在时间的水浪下，一切的痛楚都会成为灰烬，然后去滋养你温柔的内心，为他凝爱成霜华，以待真正的他来接往春天。

春无闲

四月的天光与去年相同，如白色长衫，在时光中摇曳，至于旧了多少，无从知晓。

去城郊的樱花园，抵达后才知去得太晚，经过风雨的洗礼，早已花落满地。能在恰好的时间遇见对的人和事，极为难得也更显美好。

看一地花瓣，心有凄楚，像一件喜欢的物件失落了很久，每每想起，心里总有不舍。失散该是世上最让人郁郁寡欢的事。把两个人的欢喜过成一个人哀伤，由不得人不难过。

人最好要懂自己想要什么，至于细枝末节，都不过是衬托那一场美丽的背景。

毕竟是山中，空气清透，沿路而行，路边是茂密的春草，绿油油的，长满了空闲的土地，看着使人高兴。

这是时光的恩赐，不需要惊艳的开场，漫长不过是一场花雨的距离。

有孩子轻盈地跑过，传出欢快的笑声，还有鸟鸣，以及风吹树叶的声响，心陡然柔软起来，这是真实的世界，每个人都奔走在自己的路上，别无空闲。

细细想，绵绵无绝的时光一直向前，如此匆忙，寄居其间的人，究竟为谁哀伤又为谁活着？

喜欢干净明亮的事物，更喜欢舒展自如的人。认为能够把人生活成淡定从容的现在，极为可贵。

坐在路边的石桌前，阳光洒落在身上，春深的暖意，渐渐滋长。

远山如黛，绵延而去，在明亮的春光下，仿佛那些幽冷的往事全部融化，汇成一支空灵的歌。

其实，这个世界所有的物种都有宿命与属性，在时光面前，都是忙碌的孩子，然后慢慢老去。

至于能否完美地开放，又或者盛开时，是否等到那个人，并不重要。只要努力地活过，已非闲事，便是拥有人生好时节。

小艾说，我所忙碌和追求的，都是我愿意的，至于结果虽然在意但不伤筋骨。人不去仰望，永远都看不到太阳和月亮。

万物生长，能够保持最初模样的总是太少，但请相信，世事无常之下，总有最美的等待与奔赴。

清风徐徐，又一场花雨，微笑着看满地落红，想，也许在花瓣覆盖的土壤里正有美丽的故事在孕育。

习惯了循序渐进的日子，不再好高骛远，用低到尘埃的姿态活着，却看清了蚂蚁的快乐与悠然。

市井的好是做什么人都可以，不违心不造作，喝酒说话都可以放肆些。不用问每天都忙些什么，只要这个春天还在，做一只边走边看的虫子也快乐。

女儿说，我忙什么，你不懂。少年的事大约就是忙着长大，而我们无非是让他们快乐地长大。

一山的樱花树，一山的风，这个春天的上午，所有的一切都在静静地忙碌着，多么好。

封面

  夜色向来深厚,如墨研了很久,被神用笔蘸饱了汁水,随手一挥,顿时烟云失宠,所染处尽数深眠,即使是不愿沾上尘烟的清醒者,也只能在向光处,细细打量夜的眉眼。

  夜的眉眼究竟深邃还是妩媚,自然是仁者见仁、智者见智,像极了所谓的波澜由心平湖生潮,不过是暗里交战,向来不为外人知晓,若读一本书,只看封面,不会知道其中故事的模样与原委。

  这是冬天的午夜,天空有散碎的星星,以及从黑暗处传来的声响,或许还有一些不时抵达人间的彷徨与欢喜。

  我把目光从书本里挪出来,靠在椅子上,闭着眼睛与书里的人作别。寂静的夜,窗外仿佛有雪静静落下。

  有薄薄的冷像水顺着肌肤流向心底,禁不住将身上的衣服裹紧,以求稀微的温暖不很快散去。

  小艾说,这世上所有的劫难都是绕不过的,就像心凉了,再美的温暖都会散失,唯愿彼此可以心安。

  一直都不唾弃遇见,相信每一场遇见都带着诱人的花香与美好,若是分散不可避免的来临,只愿离别时不相互怨恨彼此可以心安。

  其实,每个人都有自己的世界,如果相爱的两个人无法将之重叠,注定是两本不同的书,无论封面如何相像,也不过是两帧风景,那么分开又何尝不是一种美丽?正所谓,没有热烈,就不会知道胭脂已老的苍凉。

  电影《两小无猜》里有个相对经典的句子,说,好的爱情是你通过一个人看到整个世界,坏的爱情是你为了一个人舍弃世界。

这句子中的世界，大约不是本质意义上的世界，无非是在心里描绘了一张美好封面，里面的内容还需慢慢填写，有些像在沙上构建城堡，当爱情结束后，城堡自是摇摇欲坠，至于会否从里面飞出鸟、蝙蝠或者其他就未可知了。

生活的样子在万千人的心里都有不同，每个人都曾在心中憧憬过自己未来的样子，只是有些人抵达了有些人还在门外。爱情亦然，没有谁能够轻易得到一颗心。不付出心，又怎能换回心来？

目光重新落至桌上，书躺在那里，蓝色封面上一朵野菊正在静静盛开，依稀有望穿秋水的执着。

这是一本薄薄的集子，其间收录了三个人随笔性的文字，皆都幽婉感性，让人辗转其中有随之同行的错觉。

文字向来由心而生，不同时期的文字自然有那个时期的心迹，无法掩饰，即使驾驭文字的能力再高明，有心的人也能看出端倪。

所谓知音，也不过是明白他心里有什么知道他想说什么以及愿意为之鼓掌罢了。

这世上，愿意两个字，向来带着些许宿命的味道，像还债，明明无能为力，却无从摆脱，深陷的苦总是熬了又熬。

对于安静，一向不拒绝，相对喜欢这样的时光，可以把前尘往事旧年他人再次翻阅，不问门里门外是否尘埃落定。

经过时光碾压的物、事、人、风景在心里来来回回地走，但大多已面目模糊眉眼不清，不是善忘的人，只是有些东西放在心里久了，早已流入血脉，成了无法医治的疼痛。

想来，世人所见的外在，都不过是一帧封面，至于是精美或者素简，并不重要，其核心的甜蜜与苦楚只有当局者才能说与人听。

灯火似乎旧了，仿佛照老了那一朵野菊，轻轻呼一口气，怕惊动了谁般环顾四下，没有人，只有风在窗外安静地吹。

清凉

在山中石凳上休憩，一阵风来，袭人的清凉，如同百转千回的故事里，突然出现一首幽深婉转直指人心的诗。

林木葱茏，却感觉比夏天时多了些什么，究竟是不是染上了秋的寂静，不得而知。

路边小溪的潺潺水声和跳跃起伏的鸟鸣交织成让人心安的清净。

这是我喜欢的现在，安稳妥帖，一切仿佛初生，而季节不过是身外的一场烟雨。

"行到水穷处，坐看云起时"大约也是如此。那些纷纷扬扬的往事在这里尽数宁静，然后成为种子，等待生命的春天真正来临。

其实，属于凡人的时光并不多，能够洒脱自如地活在人间实在需要机缘，坐看云卷云舒的境界，不是所有人都能拥有。

人与人的距离大约是，你可以看见我生命的所有，而我却不知你的高度。一如燕雀永远不知鸿鹄之志。一如你不是鱼，怎知鱼之所想。

天高任鸟飞，能够纵横尘世的大多都是走在火热中，让日子清凉有度的人。

明亮的光线如同雀跃的精灵，穿越过无数的时光抵达依旧生机勃勃。

山寺中该是有人祈愿，有钟声跌宕而出，如同在安静的湖面掷入一粒石子，一波波好似涟漪般扩散开去，至于谁领悟了其中的禅机，属于天意。

这世上，我们能够遇见谁，又和谁有千丝万缕的缠绕与联系，会否也归于天意？

极为喜欢一句话：亲爱的，即使我们是两滴秋露，也要努力游向彼此，将两朵清凉点燃成你我的永恒。

这是多么温暖的言语，能说出这样句子应该是无比热爱生命与珍惜现在的人。无论她是美丽端庄的女子，还是一脸清凉内心优雅的男子，都值得尊重与爱。

即使人生短暂，也要朝着理想而去；即便最后不得，又有何妨？真爱实在需要一颗勇敢的心。

或许人都会经历一段不为人知的过往，那些散碎的时光如同一场流星，至于会落去何方，自不用关心，因为不是所有人都知道你内心的清亮与美丽。

不是属于我们的岁月无处安放，而是灵魂在皈依前，在哪里都是流浪。

又或者，我的灵魂只有和你在一起才可以完满，才真正有了归宿。

人栖居在尘世中，所能遇见的种种大多是为了让人认清自我，然后平和安好地活着，若还能心怀感恩，认为所有的遇见皆是恩赐，那便是拥有了最清凉美好的自我。

人的痛苦大多因为在得与失间无数次转换，最后把自己缠绕成一个茧，而生机却留在了外面。

天空干净，像是被无数尘事打磨成了镜子，其中隐约还有沸腾与沉寂的故事在飞舞与安睡。

山中的人语若探寻幽秘的蝴蝶，这里一对那里一双，旁若无人平仄押韵，似乎早已忘记此时已是清明的秋天。

站上山顶，远处是繁华的盛世，其中活着我的族人，以及梦想和清凉的诗。

清风拂面，如遇故人。

与君共千里

阴寒绵绵，在这个载着预言的年末，窗外飘起了纷纷扬扬的细雪，这是在南方难得一见的茂密，让人欣喜。

不想知道世上有多少人有过劫后余生的欢悦，我对存在的理解与末日没有一点关系。

私下觉得，所谓的末日，大约是在向前的时光里心的瞬间死去，有些像那一句，哀大莫过于心死。

一个人一旦心死，犹如与君在路上从此失散，世间所有的生机在他眼里都是繁华的烟尘，那人已不会从其中出现。

静静地看着落雪，长天一色，无鸟无云，却想知道你会否如我般站在窗前，将往事细细想起？想要问一声，却不知从何说起。

究竟有多久没有见过你，或者与你从容落座述说自己？不是不会细数，而是不愿去想。有些事不能动，一动就会生出枝节。

两个人心若是近的，即使天涯，也若看纸上浮光，即刻明了，至于身在哪里，并不重要。

曾在一段字里写过，如果可以，愿与君共千里，即使途上无言，也会欢喜。

只是，这世上的如果可以，都是让人希望却又不能成真的梦罢了，如那慢条斯理的炉火，最终熬尽心神，让之归于沉寂。

其实，你一直都知道，在安静的外在下，我的心总在沸腾，可你并不知道，我在期待重生的同时，更愿意与你并肩行走在这如深海的世间一起老去。这是我不愿对你说起的事，你若是想知道，一定早已洞悉。

一切的回避都事出有因。不要埋怨,做平静的自己永远比做一个愤怒的人好很多。

不是渐渐少了联系,而是在一次次的对话后,从心底涌起的水声都试图将我淹没。

一向怕冷,甚至对那种深入骨髓的冷有着极度的恐惧,就像面对一所空房子,明明可以看见活在其间的时光,却找不到自己的影子。

曾在静寂的黑夜,问自己,我到底是想更深的爱,还是要把你彻底忘记?

小艾说,爱和忘记一样艰难,能走多远就走多远,千万别停下,即使痛了伤了。

即使痛了伤了。这样的执念,需要多勇敢才能做到?我在心中将眉目清越的你轻轻想起。

世人都说人生若只如初见,只是一个人若总停留在初见时,又怎么能知道自己有多深爱又有多珍惜?

没有参照的距离,不是无间,而是可以行走千里的空旷,让人无法抵达自己真实的内心。

一直渴望能与你无间相向,只是世事纷扰,好似彼此命运已定,再也容不得他人染指。从心底喜欢这样的洁净,像站在一片灿烂的阳光下,有种甜而不腻轻而不薄的美。

窗外的雪,渐渐停了,一种光亮在城市里渐渐燃起来,我隐约看见处处都荡漾着生机。

微笑着在电话上给你编辑短信,然后发出去。与君共千里,不停不急,你是你,我是我,唯愿彼此挂念。

礼物

在拥挤的公车上听播放机里的歌声,是梁咏琪的《礼物》,声音干净幽婉,像涓涓细流在洗刷着稠密的尘世。

车窗外是明亮的世界,虽然某个角落可能存在一些不为人知的伤害,关于人文、环境、历史、遗迹、污染、食品、情感、猜忌等等,还是愿意相信,这个世界是美好的、每一天都是新的。

坐在公交车的后排,阳光照在身上,仔细回味歌词中的一个句子:今天我已经领悟,今天就是礼物。

今天,多么好,让我能触摸现在,摆脱哀伤与失望,迎接沉稳与光亮,也让我遇见要遇见的人,与他们欢喜或流泪、与他们失散或交往。

目光越过车窗,林立的楼群让早已熟知的城市转换成另一个样子,不去评说好坏,事已如此,必有深意。

深信一切的安排都是最好的,我所经历的种种都是尘世赠予的礼物,为了让我更好地体会生命与未来。

每个人都有自己的未来,那是我们一路播种下的种子,种瓜得瓜、种豆得豆,最后能否茂密生长成什么样子,没人知道。因为那是我们邮寄给自己的礼物,或者是自己想要的果实。

这世上,没有谁是谁的礼物,每个人都是独立的个体,至于相爱与分散不过是为了在彼此身上找到自己和归依。所以不要埋怨,爱就爱了,不爱何苦为难对方。

两个人最美的情感是一见如故,并且还能感受到多年前种在彼此身上的情感与味道,即使无数轮回,也觉未曾走远。

所以,人要珍惜现在和温良而行,不为明天能收到最美最想要的礼物，而为有一天打开它时，还能平静地微笑着认为此生不虚此行和庆幸我们终于重逢。

其实在日子的环绕中，能为爱的人准备一份美好的礼物和准备随时与之相见，才是我们要做的。

以轻快的步伐向前走，风景在倒退中依旧鲜活，没有因为谁的离开而忧伤。

在唤作四牌楼的地方略作停留，昔日的牌楼早已不在、以及我的少年时光，但还是能感觉到它的气息，仿佛它还立在那里，落在上面时光碎屑是那么晶亮。

时常会有一些莫名其妙的念想，它们像从我脑海里飞出去的鸟，在孜孜不倦地为我找寻过去，那一个又一个自己。

极想知道在这个空间之外，是否还有另一个空间在接纳着从这里转移过去的种种，像束之高阁的书籍，无论经历多久，还如花园般温暖鲜香。

也许这个世界上的每个人都不是完整的，我们努力地活着就是为了找到失散的自己和爱的人。

时光存在的美妙之处在于，它把另一个我们藏起来，当成礼物，等我们自己前来收取，又或者是为了让相爱的人找到彼此。

在有风的路口，看远处的琅琊山脉，绵延苍翠，没有丝毫秋天的样子。

远山近水未失青绿，尘世更是一瞬一息都在繁华。

所以不要惧怕苦痛和老去，日子的存在就是为了让我们找回更好的自己和相爱的人，不论风雨，都要欢快地活着。

又逢中秋，一向喜欢明月，愿意把它的皎洁用文字织成羽衣，送给相爱的人。

秋天真好，尽是清脆。

恰好年月

喜欢过旧历年,好像生在骨子上属于华夏的红色花朵,在随着年月的远去越发鲜活艳丽。

不是怀旧,而是认为民族中好的传统与文化、利于团结和睦与发扬真善美、值得我们去传承和发展的,都不该丢弃。

不去问别人怎么看待春节,毕竟每个人都有自己为人处事的原则和看法以及处境。所以只做自己愿意做的事情,尽力良善和明亮。

书上说,一个人的明亮是穿透另一个人的光芒,所谓的灵犀与知音大抵如此。

这诗意飞扬的句子,给波澜壮阔的尘世增添了几许飘逸,使人从心底生出柳暗花明又一村的喜悦。

每次路过繁华的集市,都会驻足观望,不为买些什么,而是喜欢看路人三三两两笑逐颜开的样子,觉得世俗的好行到才是真味。

不问身外风雨,只想沉在年月的轮回中品尝生活,不怨愤不哀愁,任来的来去的去,多么飞扬洒脱。

明亮的光线下,颜色、叫卖、物件、热烈、选择、相聚与离开交织成一幅灵动的画,力与力交错支撑,成了尘世的恰好。

更加上几朵鞭炮燃放的声响和孩童嬉戏的笑声,会让人觉得这古老的国度在年月的转换中未曾老去。

相信一个人的苍老是从心开始的,岁月给予我们的大多相同,只是我们一路走来,把值得珍藏和不值得保留的通通收在心中,越走越重,以为在反省与救赎中能够超脱,其实早已不堪负荷,沦为自我的奴隶。

每个清晨醒来都希望可以看见清澈亮光,就像希望每一天都能看见喜欢的人一样，简单直接不剧烈也不轻飘。

不是每个人都拥有化繁为简的智慧，做俗常的人，难免会被尘事淹没，有日日欢喜心的人总在少数。

林语堂说，尘世是唯一的天堂。想来先生是早已懂得清扫内心和欢喜度日的道理。

怀念的美，是知道彼此在相遇时的真，而不是分别后的恨。

与许久未见的朋友见面，在逼仄的巷子里，两个人，一前一后，恍惚回到从前。

孩童时，我们背着书包在巷子里相互推挤奔跑，整个巷子会被我们的笑闹和怒吼声所充斥，有时邻家的老人会笑骂几句，我们便瞬间安静，然后悄悄溜走。

往事历历，只是年月不再葱茏。过去成了我们心里的种子，渴望另一个春天。

没有谁能够永生，一直停留在原地等候前生约定的那个人来，一切都会随着时光的远去斗转星移，不要害怕，因为活着才是这世上最好的事情，至少还可以看见、听见、欢喜、哀伤、沉寂和沸腾，所以世上所有的安排都是恰好的，包括年月转动。

如果不老，我们不会珍惜时光和彼此；如果无限，我们不会如此小心翼翼地活着；如果可以无数次遇见，我们将一次次分辨谁是真的你我，直至厌倦；如果我们因此厌倦，就不会在恰好的时间等到与相逢。

偶有这样的错觉，对某人、某物、某地有莫名的熟悉，仿佛故人，其实从未碰触与相见过。

或许，因为缘分，我们还是见了，只是时机未曾恰好。所以只余电影《爱有来生》里那一句，茶凉了，我再去给你续上吧。

好一个"续"字，所有的执念都因此而散，阿明最后明了，爱也要恰好，她属于他的年月已在来生。

放下书，轻轻呼吸，怕惊动了养了许久的水仙，它正在静静地开放，有淡淡的香。

这寒冬的花事，来得恰好，有了来年万事皆顺的兆头，心有欢喜。

最是橙黄橘绿时

这几日,天光格外明亮,大有镜天不着一墨的味道,空气中还飘散着未尽的木犀香,心头难免涌上轻浅的欢喜。

喜欢这样飘着香味的日子,觉得整个人是生了翅膀的,只要想,哪里都可以抵达。

把夏天时的衣服放在太阳下晒出香来,然后折叠整齐收进橱柜里,如同将整个夏天的过往藏起来一般。

闲暇时,会捧一本书,不问作者,坐在窗下静静地看,在起伏的故事中收获别人的经历,作为参照。

这是一个群居的尘世,没有谁可以独自存在,即使像隐士一样生活在山川绿水之间,也必然承载了人类的文明,所有的文化都是人类的结晶,包括科技、宗教、民族精神等等。

我宁愿相信每个人都是因轮回而存在的,也不愿相信,此生一灭、再无他期。因为,有些人我们还来不及珍惜就已经错过,有些人我们还来不及回报就已天人相隔。

庆山说,试着让自己言行优雅并且走出你的虫茧。

没有人不愿优雅地活着,只是一切都是相对的,虽然很多人极尽努力,可依旧得不到想要的。

所有人的春花秋月都是相同的,可惜不是每个人都能等到橘黄橙绿时。

在南谯路上,边走边看,身边是欢声笑语。他们脸上洋溢着喜庆,像奔赴一场盛会,所有的有为,皆有了无为的意蕴。

颜色不一的车辆穿梭在街市上,偶尔会有一两声鸣响,更显现出秩序的井然。

少年时，极少见到汽车，整个小城也是近几年才有了今天的规模。那时候，若是有车驶过，会躲去很远，心存敬畏。假如驶过身边的汽车，还按了一声喇叭，会如春草丛中的蚱蜢，蹦跳着闪开。

每个人都有青涩的时候，不仅仅是年龄，还有经历、爱情，以及其他。

一路走来，人到中年，如同跋山涉水，所经历的种种仿佛烟雨，回头去看不仅有江南的幽婉，也有北国的凛冽。

其实，每个人回首人生，都有美好的所在，只是当时，我们并不知道，或者不懂珍惜，恰如爱情。

最美的爱情是应该是有亲人般的春、思念如火的夏、揽腰入怀的秋以及相敬如宾的冬。可惜，大多时候，我们在乎的是自己的感受，忽略了给予与未来。

任何一段感情都是有生命力的，完全可以穿透命运，但必须要两个人全心努力，不仅仅是让生活红火，而且还要经营出各自的吸引与优雅。

磁铁的美好在于吸引。两个相爱的人，最好如磁铁，紧紧相依，才会拥有橘黄橙绿时。

帅气的小伙子在街道上散发气球，身边围了一群孩子，蹦跳呼喊着，小手举过头顶，如同宣誓。年轻的母亲们在旁边微笑旁观。这是人间亮丽的风景。

赠人玫瑰，手有余香。美好就是这么简单。

留一分美好给自己，让心的春夏秋冬各安其所，然后在收获的季节，面对果实轻轻微笑，是多么好。

天空依旧干净如洗，尘世如同画卷，其中活着穿越着时光的生灵。

在街道的转弯处，我下意识地回头，看见一对年迈的老人牵手走来，仿佛一同走过无数了磨难。"愿得一人心，白首不分离"大抵也是如此。能拥有这样的美如同奇遇。

所以，无论我们经历多少苦痛，都不过是身外的风景，只要努力奋斗，不畏失败，总会等来橙黄橘绿时。

瞬息浮生

想问这一夜的雨是谁的惆怅，将天地都染湿了，远山近水不敢伸张，树在窗外与我如隔岸对望。

巷子里昏黄的灯火若一条线索，会飘到谁的手上，无从知晓。只是雨声，依旧磅礴，似乎在为故事的伏笔掩护。

目不转睛地看着明暗交错的世界，这是安静的时分，却让我想起纳兰说的"瞬息浮生"一词，心渐渐地凉了去。

其实，此时除了雨声，别无其他，所以不要问是非，一切都已被掩盖，包括你，以及想对你说的话。

不想知道雨水是否可以落到时光深处，或者会否与许多年前的雨水有着何样不同，这与我并不无关系，我不过是一个在雨外听声的人。

向来明白尘世里每一个声响都带着人不为所知的隐语，所以从不以片花作浮生，更不以浮生忘流年。

没有谁知道自己可以拥有多少个流年或者雨天，抑或知道，也未必想得出还有个白素贞可以造一个雨天，虽是一把伞遮不住一湖烟雨，但暖了一个人的心就已足够。

从不认为传说里的美是荒诞的，相信每一个故事的存在都有着绿意盎然的生机和美意。这不是人总希望世上有奇迹，而是知道时光短暂，不如许以美好，为让我们努力前行。

既然时光短暂已无从走出，那莫如沉入其中。做不了智者，做一个行端立正的人也不错。不求有人呼应，懂的人自会赞许。

小艾说，赞许是为了让人更为寂静，犹如拾得阶下落花，可收下每一片花的眼睛与呼吸。

这胭脂色的比喻，无非是说用安静心对外界的一切，做一个可以自由呼吸的人，无论人一生所能转瞬与呼吸的光阴多少，也要生的美好死的其所。

所以，人不要问来时路去时途，如果遇见，就请好好珍惜。天书从不写人间琐事，至于人心也不过是经历后逐渐圆润的明珠罢了。不要怕磨砺，任何方式的存在只要是向对的方向行走，一定会雨过天晴。

简嫃说，四月裂帛。可已到了五月，任我怎么注目，也未见新衣。想来，这不是按照人意志为转移的尘世，因此不若做安生的自己。

极为喜欢安妮书中安生这个名字，有一切尽在不言中的味道。凉而孤单，大约人都有过如此景况。但请不要气馁，因为活着就是美好，别问其他种种，若是爱就尽管去爱，即使最后沉在水底，心却可以飞向远方。

远方是一个充满诱惑的词汇，犹如天堂。只是浮生荡荡，蜻蜓和蝴蝶可以齐飞，但必须先拥有翅膀。

每次见到浮生这个词，耳边总依稀飘来隐约的钟声，犹如跋山涉水而来的故人，大有世外高人的味道。

从不是慧根深种的人，总会在诸多的世事中做不了完整的自己，甚至常有伤敌一千自损八百的错处。以为在乎就可以为所欲为，其实不过是为了自己更好地呼吸，而忽略了他人的感受。

每一种热烈到最后总要归于平常，不是不爱，而是懂得守候才是长久，相信即使默默成诗，也会亮了雨夜。

雨声渐渐退去，一起退去的还有诗里的羽翼，以及说于你听的话语，甚至还有你藏在我心里的呼吸以及眼睛。

不以片花作浮生，不以浮生忘流年。即使世界，最后留给我瞬息，也心怀温柔，将你静静想起。

旧

　　日影停在街角，落了一片明晃晃的光，稍稍有些刺目，像从镜子里流下的光阴，意图洗去冬的颜色。

　　总是不大喜欢冬天，因为低温的力量白若纸张，会让人生出想写故事却无从下手或者不知该从何处说起的感觉。

　　一直知道故事中的人向来在书里光亮，即使经历千年依旧有人会与之重逢，皆因为一个懂字永远不会旧去。

　　一个人懂另一个人是美好的，有些像美人用胭脂，那一分妖娆一分艳早已夺了人心，哪里还会去问轻舟是否过了山川。

　　人间是有万重青山，更有千顷秀水，只是人情世故若流沙浅滩，任你高帆过云，也不过是它眼眸中一抹旧色，激不起任何波澜。

　　人行于世，最怕遇见没有生机的情感，就像怒放与沸腾，安静与内敛总是很少两全，所以等不来守不住不明白成了诗只会染黄自己。

　　小艾说，世间所有的颜色都是新的，旧去的只因它不够纯粹，等不到天荒，听一夜风雨也不错。

　　听一夜风雨也不错，只是风雨总是在人寂寥时才能体会出它的苍凉，若身上衣服，不到旧了颜色，不会知道那些埋伏在其中的种种是多么让人思量。

　　歌里幽婉的男声犹若自语般唱道："我说情人却是老的好，曾经沧海桑田分不了。"誓言老了，也只能这般感叹。时光是容不得人回头的，错就错了，再后悔都没用。

　　后悔的事情世人皆有，留在心里多少则取决于智慧的大小，就像有人喜欢新曲有人喜欢旧歌，只因通过它们都可望见人生。

人生虽是随处可见，但还是觉得那一个旧字，带有些许的悲凉，直叫人身心辗转，若走蜀道，上有青天下过风声，羊肠曲折似乎可以弯到时光那头。

时光那头会否真是天堂，没几个人知道也无法知道，身过万花丛片叶不沾身的人总是少数，大多数人还是过着俗常的日子，层层剥落生命的鳞甲后，终会显露出肉身，丰美枯槁都是真的。

其实，这世上没有什么真假之分，不同的角度不同的景，不是新的就是旧的，只求力量平衡，不要连自己都被颠覆与淹没了就好。

曾在边城凤凰被它淹没过一次，那是梦里的场景，给了我无数次的暗示，直到置身其中，还错以为自己是生在那里的人。这是旧事，却让我晓得，世上的重逢大体都是故人，旧了人并没有旧了心。

安妮写道：无常逐一升起和熄灭，我对你赤子之心永存。大约的意思是不管世间如何变迁起伏，我对你最纯真热忱的感情始终存在如一。

喜欢这句话的原因是，我从其中仿若看见废墟上生长出无数花朵，它们正在迎风飞舞。不问昨天，只愿坚守时时盛开，是多么的好。

过往也许都是旧的，只要那颗心一直亮着，想必人间的鲜活也不出其中吧？！

一群鸽子飞过早春的天空，没有落下一丝痕迹，我在洒落的哨音中依稀看见明天的朝阳。

日光依旧明亮，街角人来人往，大多名不见经传，却也奔忙在自己的路上。站在路口，等红灯旧了，转成绿色，然后和众人一起走。

第四卷 道由白云尽

赏花

花无处不在，而看见的人却寥寥无几。

与故友作别，恰值烟雨蒙蒙，更有晚风如歌，彼此间挥挥手，仿佛只一转身，背后就会落下一幕花雨。

背影在有些人眼里是美的，像一段情，彼此心照不宣，某日在路上遇见，回了首去，那人的影子如空谷花瓣飘然而远，心上便有了酸酸的甜蜜。

于我来说，背影的妙处在于让世人知道尘事也有圆缺，并非都如人所愿，红尘一直都有离合聚散。

南怀瑾说："若心常相印，何处不周旋。"由此可见，人间的依依聚散，不过是心的远近，已与距离无关。

握一把伞，看雨滴在伞尖流连。身外是来来往往的人，以及故事和懂与不懂的话语。

忽然觉得好寂静，在声色猎猎的街道上，仿佛其他的声音都被我放入了口袋里，只余下关于你的念想。

你若安好，便是晴天。多好的心愿。不矫情不伪饰，直接坦荡。说者安稳，听者温暖。即使到最后不相守白头，又有何妨？人一生有一个爱自己的人和自己爱的人，也不枉到世上走一回。

从不觉得时光短暂，与一朵花相比，人拥有的时间早已足够开放。

不再埋怨、不再忧伤，我已经相信，登上山顶才能看见最美的朝阳。

星子在信里问，文字内外，哪一个才是真的你？禁不住想对星子说，一个没有执念的人，最多是一个流俗的过客。

承认自己脸上有时也戴着面具，对一些人一些事，既然不能改变现状，不同流合污，也不与之格格不入。不参与不等于认同，不说话不等于默许。

一个人愿意保持内心纯净，直言率性，会在面具背后告诉自己，即使演戏，也要有自己的风骨。这样的回答，星子你是否满意？

雨不知几时停了，薄薄的光亮里飘着像花香一般的雾气。有风渐起，慢慢翻过尘世的诗集。

路边梧桐的叶子越发深绿，站在那里宛如等谁般不疾不徐地梳理着自己的心绪。

小艾说，有些人活在世上，只为求得能在花前与爱的人相遇，那时花与人的芬芳，才是他的人生与心里的绝美。

我愿许以风和日丽，让你如花般开在心底。对着长街上来往的人群，在心里默默说给你听。至于你能否听见，并不在意。

有些话只能放在心里，就像有些人注定错过，但不气馁，始终相信，这个世界上总有一朵花与我相同，让我陪它心甘情愿地老去。

对于天意，我不违抗不逆袭、不顺势也不沉迷，既然不能置身事外，不如按部就班地生活，唯愿能把日月与光亮都放在心里。

花无处不在，而看见的人却寥寥无几。

日子如细软

早春的阳光从窗外照进来，所到处皆如铺了做工精良的明黄锦缎，质感分明，美好得让人恍如隔世。

书在桌上，还有芦荟、茶杯以及旧了颜色的纸、笔和故事，或许还有潜隐在光明与黑暗之间不为俗人所见的影。

寂静灿灿，仿若生了烟，处在其中有些像置身庙宇，被缭绕的香云一裹，俗常的过往便纷纷落了地。

这素净如花的时光，美好得让人欢喜，可以停在一处，稍稍用心便能捕捉住日子的光华，不难发现即使草本也可成为细软，昨日历历虽已沉入旧时，也是人心上的灯火，不俗不艳，照着未来。

总有人认为未来太远，一时无法望见，其实未来也是日子重叠后的某一天，不具备特殊的意义，因为所有的美好大多是从现在生发而去的。

所谓当时只道是寻常，只是身处其中时，未曾发觉它的美罢了，等到时过境迁，才知道光阴虽在，那个人已杳然而去，留给自己的只有默守的内心与清淡的日子。

一切都在看似平静中轻轻走过，可有些东西依然存活在日子之中，像池塘里的莲花，待到盛开才有芬芳。

喜欢把日子比作一朵花，而人可是花上的蝴蝶，虽沉浮在季节之中展翅花间短短数年，但有人愿与之共游人间，也是一种美。

小艾说：日子如细软，藏在每个人的怀中，千万不要去问有多少，因为付出与得到向来不对等，唯愿世人都能以赤子之心接物待人。

仔细想来，这世上大多数人都是寂寂的，只有少数人才穿着美裳招摇过市浮华到不知所以，能以赤子之心对人的，恐怕少之又少。

窗外，隐约的尘世声响像鼓槌轻敲，沉而悠长。有灯火逐一亮起，像村庄的炊烟，绕满了城市。

在丛林一样的楼群里，我若一只等待惊蛰的虫子，抚摸着日子的质地，回想旧年的时光。

日子已然交叠着来了去了，在喧嚷与沉默间物华兀自转换，不问谁同意与否，一如当铺，你的细软我来定价，而你只能接受。

喜欢"细软"这个词，每次碰上都若看见一面绣了花的绸缎里裹了各种精细的物件，珠玉、金银、钗钏，颜色明亮或者暗淡，皆透着无边的华贵与生机。

私下明白，这种华贵与生机只是一种情怀，若一个人遇见另一个人，对他一见钟情，对方便如一直种在心里的欢喜与哀愁，可在一瞬间茂密。

不声不响的茂密如那交谈很久却似一句都不曾交流过的契合。只要你在，我就知道你的价值。即使不说，我也能触摸到你的心。

一个人懂另一个人极为难得，就像对方背着日子而来，而他坐在门内便已望见门外的光华，开了门只一眼便知道了他的所有。

这样的遇见太少，所以别渴望他人都是知己，身边若有这样一个人，已足够幸运，应当感谢上苍的厚待，这是人生求不来的福泽。

这世上大多数人都相信命运，因为很多人实在遭遇的太多福祸，而安稳平静过完一生的人总是少数，所以不难想象，在寺院里跪拜的香客，他们是多么希望平安幸福。

灯火在不远处静静盛开，我坐在窗前，合掌为朴素的敬礼，然后微微张开，愿如莲花。

低调

好久没见这样清白的月色，像一支笛嘹亮了夜晚，目光所及处，皆是质感美器。

路旁颜色葱郁的夹竹桃用静默的方式聆听尘世的声息，我踩着极其轻微的步履走过铺满鹅卵石的小径。

入了冬后，这也唤作南湖的人工湖泊水势渐沉，全没了夏日的丰盈，若一支曲子，被无端的人唱老了，声调嘶哑低回，仿佛失去了生的美好与雄心。

其实，人生到处皆风景，这间的风月虽比不得秦淮文艺，却也是有着自己的清雅与美丽。就像这世上，不可能人人都是明星，总有人在幕后，未见得就是清汤寡水的模样。

停在桥上，对着45°角上的月亮，桥下水声流淌，这是似曾相识的时光，只是记不起在哪一年遇过。

有人在不远的凉亭下拉二胡，咿咿呀呀的，调子低沉，像穿过弄堂的风，仿佛裹了浓稠的中药味道，听着让人怅惘。

这世上，每个人都遇到过不如意的事，愿意说出来的毕竟少数，我大约算其中之一，常用文字的方式，把沉郁在内心中的东西用隐晦的形式做以表达。

不是不愿直接。太过直接的叙述会失去表达的美感。用替代的词汇去影射内心的彷徨并加以劝说，是我一直努力的。

不大去问别人是如何理解我和我的文字，不同的理解向来会有不同的定义。相信懂的人，一定能看到文字背后的那颗心。

一向不是刁钻刻薄的人，却有时会对特定的人表现出极端的敏感与癫狂甚至冷酷，皆是因为太过在乎，才失了应有的平和。

有人说，爱一个人，就该让之温暖幸福，即使唱功有限，不能引吭高歌，也要向之低声倾诉。

向爱的人倾诉是否也要合了节拍？会不会像唱歌，如果调子错了，即使婉转，也失了它最初的美？

女歌手徐佳莹在《身骑白马》里清亮地唱：我爱谁，跨不过，从来也不觉得错……喜欢这首夹着方言的歌，清丽幽婉且心事若莲。

在这芸芸众生，爱一个人固然没有错，但若苦了别人，即使不是所愿，也是罪过。

从来在爱上不愿张扬，喜欢用不沾烟火的方式静静守候，即使跋山涉水，也愿它面目清白不染世俗，甚至愿意它是唤我起死回生的良药。

只是这世上，有些事向来不为人所愿，当你为之噤若寒蝉的时候，却不知别人也已成了惊弓之鸟，这样的结果，实在让人汗颜。

想想自己，对着桥下的水，不由想说抱歉，但知道这句话是多么单薄。在乎向来不是症结所在，问题总是出在那颗不懂的心上。

小艾说，如果不能高调做事，那就尽量低调，故人旧事皆任它去，切莫因此错过观赏人间良辰美景。

这尘世凉薄，没有谁注定等谁一生。如果遇见是人间良辰美景，即使最终错过，也爱你，对着苍茫的空落处，我轻轻说。

不远处有孩童的叫声，像敲一件上好的瓷器，尽是清脆。月色溶溶，我一路走下桥去。

在抵达水岸前，禁不住想，如果我会唱歌，一定身骑白马过三关，唱那一句，一心只向你，只任风把我的调子吹得低了再低。

即使最后无声向远，我也会在心底想念。

菊花开了

昨日寒露，是二十四节气里的第十七个，一直觉得这个名字是其中最耐人寻味的一个，美丽而忧伤，若一滴美人泪，停在时光的叶面上，在风中轻轻呼唤，可他还是在倒影里隐去了。

走就走吧，既然留不住，不如由他去，至少在登高处，还可以看见星罗棋布的城市、烟火、飞鸟、菊花以及他的步履。

想不起谁在文里这样说，追着一个人的步履前行将会无法走出自己，追着时光的步履走路即使辗转最终必可获得安宁。

越过清晨的忙碌，走一段捷径，去追赶因晚起而耽误的时间。那是一条千折百转的小径，两旁是早已拆除了建筑物的空地，竟意外地遇见了一簇簇绚烂的菊花，它们大片大片的，若齐聚市集的花国子民，正在欢唱人间的升平。

我看着明黄菊色似水一般在流动，感觉一直流向我的心底，那是无法阻止的力量，让人在喜悦中窒息。

这是无法料想的邂逅，有如在陡峭的孤绝峰顶遇见深爱的人，仿佛奇遇。用惊喜的眼神与心停下来，屏住呼吸，怕惹出一点声响，就乱了它们的歌。

看着清亮的浮光飘游其间，若善舞的天使，我手足无措地站在那里，已经不知该如何退回去。

我很想知道，这些生意盎然的菊，是否经了寒露一夜点拨后，如获天机般，苏醒了来，然后热烈盛放，是为了告诉秋天，我们来了。究竟是不是，知不知道，已不重要，因为它们这样勇敢已经美到了谁也无法拒绝。

谁也无法拒绝，就像一个人对另一个人的爱，即使不能得到应和，也爱得欢快悠长。

有时，爱是一个人的事情，与被爱的人并无关系，假如还能得到响应，或者对方早就以心暗许，那等于得了上苍的眷顾，一定要好好爱与珍惜，别辜负神的美意。

在一朵硕大的菊花前，我静静地看着叠叠花瓣，像看正在苏醒的梦般等待从心底生出的欢喜。

原来快乐如此简单，像这盛开的菊，一朵两朵三朵，满眼都是满天地都是。

小朵说，若心还在，那就朝着心之所向，无所畏惧地前行，看不到春天的花朵，能在秋天遇到一山野菊，也让人欣喜。

一向以为自己有陶公"采菊东篱下，悠悠见南山"的恬淡致远的心境，可后来终于发现，为了试图得到与了解爱的真相与事物的本质，曾那么鲁莽、癫狂、尖锐、激烈与天真的认为与行动过，为了一句话、一个眼神、一次自以为是的判断动了怒、灰了心。有如走一条铺满碎石的小路，在无数次的奔跑与跌倒后，到了无力爬起才知道自己与他人都已遍体鳞伤，需要做的只能是慢慢复原慢慢靠近。

清亮的阳光将花影落到我的影子上，仿佛听见它们若久别重逢般相互问候。它说，你终于来了。他说，我来的时候你开得正美。

不远处传来一声清脆的鸟鸣，有如一句温暖的关怀，我用眼神和它飞远的影子告别，像送走热血青春般，心底平静。

有风如出了天门，带着无限生机，让这一片绚烂的黄菊朵朵生动，犹如含笑，照亮了十月的早晨。

我看着满眼菊花，一朵朵明黄颜彩里露着若隐若现的禅意，心有所动。

菊花开了，原来朵朵皆年华。

刚刚好

这一日，刚刚好。能行走在尘世，能望见烟色山峦以及鸟和明亮光线，还有寂静、沸腾、水墨和梅香等等，是多么好。

天空难得一见地干净，如被水洗过一般，明澈如孩童的眼睛，有着无所要求的慈祥和平和。

冷是有的，浮动在人裸露的皮肤上，像水或者朝阳，一路嘹亮着流向心底。

冬天的美好大约是让人能轻易捕捉到温暖，不用费尽心力地去询问和揣摩对方，或许一句问候一个手势就可抵达吧！

在缓慢行驶的公交车上，面容平静，不问外面如何拥挤，语气平和的小声接听朋友电话。

你大约多久能到，就等你了。他在那边问。于是笑着回答，你们先进行，我到的时候必然是刚刚好。

有束光线落在覆盖着膝盖的手上，竟然像朵盛开的花，依稀飘着隐约的香，让我有恍若置身春天的错觉。

静静地坐在那里，感受时光带给我的惊喜，以及除此之外的安稳与妥当，温和与流淌，还有存在与消亡。如果可以，我愿意说，这一切是那么适时与恰当。

想不起谁曾说过：这世上，没有所谓的迟来早到，一切都是正好，所以，爱恨也是平常，不要用忧伤打湿了我们仅有的年华。

语句凛冽，若一块薄冰，凉而通明，让人仿佛能看见时光正从指缝落下。仔细想想也是，既然无从救起，不如任其饱满，待到瓜熟蒂落，去观赏它的风景。

看着窗外成群的鸽子飞过,清脆的鸽哨声掠过天空去向远方,只是不知会否抵达候鸟所到的南方。

这世上,是不是所有人的心里都有一个南方,在需要的时候,可以去那里保全与丰富自己,然后重新上路,去找回那颗勇敢的心?

看着鸟迹隐没的天宇,忽然想起一句歌词:"秋天该很好,你若尚在场,秋风即使带凉亦漂亮。"多美的词,只可惜,这是个冬天,不过也不妨我在心头涌起欢喜与念想。

光阴荏苒,活在这尘世的人谁又不曾有过感伤,就像有人说,"君生我未生,我生君已老。"语气伤到让人落泪,但可曾想过,既然时光已经短到令人怅惘,但能遇见,为什么不能好好在有限的时光里,彼此深深相爱,共享人生难得一遇的美丽?!

年华向来不等人,只是等年华的大有人在。爱一个人何必生生世世,能有一瞬无间的爱恋,敌得过任何不能长久无法善终的情感。即使安静,不曾热烈。

走过一条极为寂静的巷子,听着自己走过的声响,仿佛身边有你同行,一直不想去问世间的枝蔓是否茂密,唯愿就这样与你一起走走停停,慢慢向老。

停在一家门前,看着立在门旁面目久深的石狮子,有仿如遇见故人般的亲切,不由在心里问,原来你在这里,我来得是否刚刚好?

光阴平静,我在清亮日光下,用静默的方式去怀想过去,以及与时光同在的种种,还有与你千丝万缕的情意。

有冷风吹过,像从寺院传来的钟声。这个冬天还是冷的,却冷得如此刚刚好。

道由白云尽

昨日立春，预示季节又一次轮回到了春天，流光溢彩的尘世深处隐约传来，那些经历过寒冷的感情与事物在欢呼雀跃。

越过长冬的林木虽未青翠，远山却有了几份清秀，更加上山的那头有白云环绕，犹如仙境降临。

每个人的心里都一个仙境，那是我们的温柔与梦想、长生与渴望、飞翔与明亮。

天光清亮，有风如信仿佛来自故乡。空气清透，夹杂着淡淡的火药味道。

时值中国新年，虽说走亲访友的热情不如往昔，至少有些人家还是要走动的。毕竟是血脉相连的亲戚，或者是一起越过岁月的老友。

喜欢"走动"这个词，无论脚下多少道路，只要心里有个方向，终会抵达。

走动和静息都是人生旅途中的花朵之一，至于谁喜欢用什么方式存在，归于属性。

能在时光里静息也是一种好，不为尘事所动，随你千般花红，只做画上的留白。不是旁观，而是想闻花得道。

与世无争是一种境界，需要有一颗安宁的慧心。如同两个人，道不同，咫尺也天涯。

以什么样的方式活着是一个人权利，但请不要被环境所左右，越过困苦的山峦，终会收获一览众山小的喜悦。

谚语里说，条条大路通罗马，大约是说人生的路有很多条，只要坚定不移地走，每一条路都通往白云环绕的圣境。

路过天长路，不由为稠密的人群和车流心生欢喜，这是繁华热闹的人世，我们所有的孤单都不值一提。

　　无论我们心里有多少的故事，无非是得到与失去在争夺领地，谁胜谁输都是前尘往事和重蹈覆辙，唯一不同的是谁在故事中采摘到生命的白云，才算拥有了飞翔的翅膀。

　　在一个公交站台等车，不是要去某个地方，而是用寂静的心去体会这数年来的得失错漏，认为无论去向哪里都无法将错过的找回，更何况每一个故事经过时间的打磨早已不是原来的样子。

　　既然故事早已面目全非，那么就算行到水穷处，也要坐看云起时。

　　人生在世注定会与一些人错过，不是当时不够努力，是缘分不够、爱的多少不等而已，从而出现了辜负与被辜负。追其究竟，大多因为所要的未曾得到足够的回应，或许已经厌倦了在一起的时光。

　　爱一个人不仅是看云卷云舒的飘逸，也要承担步履一致的沉重，懂得和那个人一起哀伤、欢喜、呼吸、流泪，或者失败与颓废，最后将那个人从黑暗拉到光明。

　　爱一个人是苦的、是成全、更是修行。

　　所以这世上，有情人终成眷属的总是很少，不是我们不珍惜，而是修行太清苦，我们最终败给了自己。

　　自我不是命中注定，而是很多人爱自己胜过爱别人，太在乎自己的感受，忘记了他人也是人，也是如同我们一样行走在人生中的困兽，也有獠牙和芒刺。

　　养了许久的仙人球依旧在桌上不动声色，虽时有被其所伤，却越发令我喜欢和清醒。

　　任何时候的疏忽和错漏都会得到惩罚，这是规则的妙处，不容小觑，是道的真谛。

　　站在窗前看日落的远山，明澈的天空不知何时飘来几朵白云，让晴空更显深邃。

　　夕阳西下，染了颜色的云彩，分外具有质感，不知谁是裁衣人？！

　　关好门，走回去，山脚下，路的那头是我家。

春光倾城

灿烂的日光笼罩着小城,不仅厚了光阴更是亮了人心,连日的阴雨终散了去,随之散去的好似还有人浅浅的春愁。

干净的城市如一朵朴素的花,从它深处仿佛飘来若隐若现的芬芳,像有谁曾在那里种下了禅,方才使之因缘茂密风情流转。

楼群错落马路纵横,还有人、车以及纷纷扬扬的过往和清淡美丽的新生。繁华的街景如一幅喜庆的画,贴在春天的墙壁上,众生皆身在其中。

天气终是渐渐暖了,犹如人饮了少许的酒,待到身子慢慢热起来,抬了眉眼,方才发现春天不再式微清浅,早已莺歌燕舞万紫千红。

一向喜欢春天,因它有着薄而不厚的温暖和柔而不硬的冷,若黑白分明的清澈眸子,可以直达人心。更有文字无法述说详尽的色彩和风烟渐起的尘事。

日影缓慢倾斜,平静的小城如一张无心掩藏故事的书页,上面写着教人行走尘间的密语,只任有心人揣摩破解。

穿过光线充沛的广场,有年轻的女子在旁若无人地跳舞,观众是一个为之鼓掌的孩童,还有鸽子以及风筝和流动的云。

停下脚步,看着美丽的喷泉水柱,恍然明白这不是音讯全无的世界,世上每一种声响都承载着生的滋味,每个人都是饱满的种子,所来人间只为等到属于他的春天。

抚摸花纹细腻的石像,想,国人的十二生肖里究竟藏了多少人间的期盼、向往,或者暗语?

有年轻的男女相拥着走过。他说,我喜欢这样的明媚。她答,春光不是天天有，所以让喜欢有了长度。

这样的对话不是儿女情长，却更为动人意蕴悠远，像一杯绿茶，汁液间包含了积存、消融、善待、映衬、帮补，甚至起源。

看着他们的背影经过一株开花的树，忽然想到一句话——人的关系最好是相看两不厌。

不想知道人与人相看两不厌要修行多久才能抵达，今生只愿与人为善，以求获得天的眷顾与心的完满。

远处传来孩童的笑声，色彩灿灿，不由想起一个人来，他乡是否也如此间，一样春光倾城，他会否坐在窗下，听春声激荡，心有欢喜自我饱满？

人一生总是会遇见一个让之无怨无悔的人，为之深陷不图自拔，像极了到死丝方尽的春蚕，只求那人能给以温暖。

坐公交车路过清流路时，看见路边的小树上有一簇簇粉色的小花拥挤在一处，睁着眼睛张望春光。

在晃荡的车厢里，明亮的光线飞舞若蝶，这寂静的时光有着春天特有的清冽，让我恍如置身山谷，花香、鸟鸣、泉声一应俱全。

在尘世之上，虽然不是每个人的心都是完整的，但也无妨他的生长与美丽，关键在于让之穿过那些漏洞的风光是否柔软明亮，能不能让之清澈善良。

有时人最大的智慧不是往心里填多少东西，而是让心为所为的人而空，然后以空补空自我盈满。

三月将至尾声，昨天春分，日夜平衡，春天行到此处已然浓烈，车窗外是一帧帧精美的画卷。

静静地坐着，任风景流过，微笑着祝愿世人心中的城时时春光倾满。

掌纹

阳光落在掌上，明亮的光线像能读懂掌间的秘密般眉眼飞扬，那些纵横在手掌上的纹路或许真藏着人生的暗语，我如是想。

将目光从掌上移开，如果那里真有故事，相信终有一天会水落石出，无须我用尽心力去探究所以。

始终认为结局并不是最终的所在，总有一些东西在经历中被赋予另一重使命，它们会让生命更为精彩与美丽。

所以要好好活着，只要心一直鲜艳，总有一天会亮了眼睛，即使有些人早已远去。

生命的旅程里，总有些人在渐渐远去，随之远去的不仅仅是时光，还有梦想、颜色、心情，以及穿插在故事中的情节，或者还有一些不为他人所知的思念、快乐与痛苦，不要惋惜，生命的成长总有聚散离合，属于你的会一直都在，不属于你的切莫强求。

活明白是要我们对得起心，而不是计较来处去途，太清楚难免痛苦。

曾在一本书里看到过这样一句对白。孩子问：妈妈，我是从哪里来的？妈妈说：你是从一个很好听的故事里跑出来的。

这一句精妙美丽的对白，充满了生机与悬念，所以一直记忆犹新。也许如那位妈妈所说，这世上每个人都是某个故事里跑出来的。

我从不去想自己来自哪一个故事最终湮没在哪一个故事，深信所经历的种种都由来已久，一切的境遇大多属于重现，只是我不再记得罢了。

纪弓鱼说，缘分是面镜子，人可以在其中看见最好的自己，能不能留下这份最好，在于能不能守住当时的那份心。

所以难怪有人说，人生若只如初见，想来变的不是别人，而是自己渐渐苍黄老去的心。

其实，这世上没有人是愿意离散的，可是人生中总有一些原因左右着人的命运，所以不要去埋怨与伤害，要相信一切都情非得已。

要相信一切都情非得已，就像相信掌间一直都藏着生的秘密，至于结局，何必太过在意，如果一切都命里注定，不如好好享受相遇的美丽。

王小波说，人仅仅拥有此生是不够的，可有谁知道来生在哪里，自己会用何样的方式出现？所以任其来去，即使过客，也愿能成为彼此心上的一抹颜色，如果经过修行，能够灵犀相通心神契合，还有何遗憾？

只是人一生能遇见这样的时候和人的概率太小，有些遇见注定惨淡收场，不是彼此不爱，而是缘分如掌纹，哪一条通到心底哪一条与外界相连，我们无法分清。

窗台上，绿萝的颜色越发浓郁，叶子深绿若滴。菊花依旧蓬勃，在风里如歌。

日子像一个叙述平静的句子，在尘世的书上茂密，我和众生皆处在其中焚煮着属于自己的悲欢。

摊开手掌，不求有人读懂其中所有，只愿能够平安存在，安静接受命运，不惊不喜。

临水照花

小城的秋终于深了，桂花的香气渐渐稀薄，但菊花却是越发开得美好起来，这里一朵那里一簇，或是路边或是庭院，抑或是深谷。

这是我喜欢的九月，一直相信在我所经历的每一年里，这些盛开的菊花都不会是相同的，它们身上都带着深深的含义。

从不去问存在的秘密，相信即使问破一生心也不会有答案，因为时光向来让人惊喜。

浩荡的时光带着声响从眼前走过，它的身后逶迤着款款的落花、静静的流水，以及细碎的过往和生息。

阳光从窗外照进来，明亮的光线飞舞若蝶。这个午后，西窗犹如剪刀，裁了一方天空给我。

想在一本书里找到故事的汁液和关于生死平衡的密语，可风却不停地翻动着纸张，乱了追索的眼神与思绪。

我伏在案前，想写一段字，陡然发现已很久没有书写，那些属于自己的纸张已然荒芜。不由惊觉，一个人如果连心都荒芜了，那么这个世界还能给他什么？

窗外有鸟飞过，丢下一句清脆的声息，品读着颤颤的尾音，心里涌出获悉飞翔的秘密般神圣的感觉。

承认自己喜欢写一些不知所谓的句子和一些散乱的记忆，不是为了纪念，也不是为了忘却，只为让它们一直在心里流动形成属于自己的河流。

从不愿误导别人，只想让心更有生机与安宁，以求不怨愤和责问命运。

一直知道人与人之间是隔着一条河的，能否抵达彼此内心，不仅仅需要勇气，还要灵犀相通，以及能够执手的运道。

所以经过努力后，如若不达，还依旧爱着，那就临水而居，造一座茅屋，顶一片苍天，捻花照水。

这世上不是所有的有情人都能终成眷属，一生能够遇见自己愿意爱愿意为之付出的人已然足够幸运。

人一生心一直都是空的，只怕比恨一个人更为孤寂。

孔子说，君子有所为而有所不为。想来，一个人修心比修身更难能可贵，懂得进退，比执意妄念更难修行。

其实，每个人都有自己的命运，走到哪一步皆是境由心生，从而决定了故事的结局。一个人无论修行多久，看不懂道的存在，自然会落入俗常的轮回。

人生有时如下棋，能不能越过河去，每一步都很重要，不能将之连贯流动，让之充满生机，只怕一步错就成了死局。

窗台上，绿萝静静地聆听着秋天的声响，我捧起书，犹如触摸本心般神色安静。

夕阳西下，洁白的云朵横贯天空，若河流般神秘，我捻着一张书页，犹如拈着花般微笑，心中有水流的声息。

淡淡为安

转眼一年将尽,不去感叹。这世上需要感叹的事情太多,经纬纵横的尘世,哪一天不在上演爱恨情仇,反反复复如同戏剧。

不是说我们每一个生灵都是演员,而是认为每一个鲜活的生命必须经过尘事的洗礼才能最终知道自己的所在。

生老病死并不可怕,可怕的是失去了感知世界的心,很多时候,不是别人背叛了你,而是自己背叛了自己。

忠贞的爱情是存在的,只是我们能否遇见,需要缘分。所以走什么路就慢慢走,任云卷云舒,用清淡平和的心过好每一天。

书上说,所有的付出都会得到回报,福泽需要慢慢积累,也许不能现世安稳,但它终究会在某天来临。

不要问对不对,开始的时候总是真心的,至于后来分道而行,不过是一场花开花落,有心人收获的是内心的明悟与欢喜,沉湎着的人大多越活越觉得后悔与不值。

这世上,没有什么值不值的事情,适合自己、自己需要的才是最好的。所以做一个爱生活的人,忙时全力以赴,闲时煮茶读书或旅行。

极为向往一些地方,那些地方像是在召唤我一般,仿佛前世曾生活在那里,那里有我过去的种种。我是相信轮回的,所以如果今生我亏欠的人无法回报,唯愿来生可以偿还。

其实,用"偿还"这个词,落了俗,人家要的是今生圆满,来生谁来记得你,但世事如沧海,总有陌路人。

任何人都不要解释自己的苦衷,懂的人自然会懂,不懂的人说再多都是枉然。

有很久没有写字，渐渐失去了写的兴趣，觉得有些东西不需要再说出来，放在心里就好了。慢慢认为做一个朝九晚五的人，沉没在生活的海洋里，与一些鲜亮的世事擦肩而过，也是一种美好。

承认自己有一段时间是忧伤的，现在回头去看，是自己单薄与自我了，没有谁必须认可你，只有经过努力，人才能证明自己。一个人太自我，难免会做许多无用功。

现在可以用淡淡为安的心情去看过去，不是因为现在安稳，而是终于明白，一切都必须要自己去践行，只有走过错误才能抵达正确。

人只有不断地修正自己的错误，方可走到一定的高度。至于人生，没有胜负，所有人都不过是时光下的一缕飞烟。

每个人都有过去与恩怨，事过多年后回首，大多会觉得那些不过是不值一提的鸡毛蒜皮的小事，可就是这样的小事，在那时是我们一时无法逾越的鸿沟。

时光的好是让人看淡过去，时光的坏是带走我们太快。

生命的疼痛与灾难不值得述说，只要有一天阳光，那也是明亮的，黑暗就不敢靠近。

没有谁可以长生，世上的生灵都是相互依靠而存在的。

所有的风花雪月都可以照亮人心，只要做一朵开在尘事幽谷的花，保持最纯粹的喜欢，不问身后种种就足够了。

两个人的爱情也是如此，只要喜欢与爱，即使不能相守百年，哪怕一瞬，也是照亮生命的烟火，绚丽灿烂过。

世上的好就是忘记不快，愉悦地活着，珍惜与亲人、爱人、友人等等一起存在的每一天。

一扇门

明亮的午后，窗外有灿烂的阳光、车、路人、声响以及鸟和悠远的天空。

窗台上，碧绿的芦荟沐浴在光线中，像极了玉器。这是常日可见的美好，且每每都能让我心动，偶尔会想去问，人的性情经过时光的打磨，会否也可成为美景？

这世上，有些事是问不得的，并不是所有人都能把一件事的来龙去脉解释清楚，所以别期望他人能给予多少指引，更多的时候都是靠我们自己走出困境去。

其实，我们每个人的身上都拥有一种力量，只是这种力量不到最后它的门不会打开，或者说是人本身就未曾想过要去推开它，在束手无策时，我们想到的都是寻求外力的帮助。

在心的困境前，所有的外力都形同虚设，能指点迷津的并不是他人，而是能让自己安静下来的平和。

在尘世，做一个平静的人即使演戏也不沉迷最好。只有身在其中，才知冷暖，才知生的可贵与美好。

不要总做一个旁观者，一味地旁观，永远也体会不到爱的沸腾与热烈究竟是何等的美丽。

小艾说，这尘世就像一座千回百转的庭院，每个人的身后都有一扇门，至于里面会有什么样的风景，只有推开才知道。

只有推开才知道，会否已经晚了？谁若能在没推门前就已洞悉了它背后的所有，那该是拥有了何等的智慧啊？

智慧这东西向来不好定义，只可意会不可言传，不同事物需要不同的方法对待，这不是每个人都能学会与领悟的。

　　字典里有"门徒"一词，最普遍的意思是指弟子。在旧时，每行每业的师傅都会收下相应的弟子，为了继承祖上传下来的学术和手艺，故而有了"师傅领进门，修行在个人"之说。只是这进门的人真是心甘情愿吗？恐怕也是未必。

　　只是，这世人能够成为凤凰的毕竟是少数，大多数人还是平常性情，过着俗常的日子，在有限的时光里喜怒哀乐，这如某日转到一户农家小院，推门一看，孩童相亲鸡犬相逐，这便如遇了故人，心说，原来这滚烫的画面竟藏在这里。

　　有时，我们会对一些陌生的人和事物，或者地方，有熟识的错觉，这并不神奇，只因为，你曾在心里推开过一扇门，那其中的一切早已活在了你的心里。

　　有人说，这世上的所有相遇都是久别重逢，如果真如她说，想来这世上，所谓的缘分，大约是曾经同在一扇门里进出的彼此吧！？

　　日光依旧明亮，仿佛有细碎的声响，会否是风在推尘世虚掩着的门？

　　我坐在光线中，看飞舞的尘埃，它们旁若无人地起落着，任是如何看，也看不出哪一粒曾是花蕊。

　　有只麻雀优雅地飞过窗口，追着它的背影，我在城市的繁华中，依稀看见光阴正流淌进一扇朱红的门。

花好月圆

春渐渐深了，午后的园子里花都开好了，一朵朵姹紫嫣红，像已在故事里沉浸久远，一露眉眼，便芬芳照人。

世上有些人也是如此，在俗常的人间辗转，心始终含苞待放，一旦遇见好的机缘或对的人，便顿时舒展身骨徐徐盛放开来。

有时一个人的精气神好像只为某人某事才能抵达最美，似一朵花般，只要他来，连容姿都会越发亮丽。

这是一个人对另一个人的爱，或者是对某事由来已久的向往，当其来临，他便如丰盈的月亮清幽圆满。至于之前的种种暗淡，不过是冷弦上的微尘，当弦音一响，自会纷纷坠地。

人一生若能遇见让自己心弦嘹亮的人，即使不得，也该感谢神的垂青，因为从此知道人间最美的声音是怎样的颜色。

春天的色彩向来馥郁。有人说，世上每一种颜色都代表一个意义，就像每一朵花的生命都承载着自然的旨意。对此，我深信不疑问。

喜欢春天，不是因为它的颜彩多姿，而是它带给我的浮想，那是阔大的世界，我可以在其中尽情飞翔。

这是绿意渐浓的山谷，鸟鸣、人语、风声、树音似乎都是恰到好处的存在，有着缺一不可的美。

置身于每一年的春天，心底都生出同样的错觉，会以为尘世就是一朵花，众生则是花间种种，每一段过往与惆怅都是必然，没有先后忘却生死，如此往复轮回，人心便日见丰满。

有寺院的钟声叠叠，让山谷更显静美，有鸟从眼前飞过，更有一簇野花在路边私语。

游人三三两两面容平静地走过，还有命理先生坐在光线下闭目沉思。深幽的石径伸展开去，仿佛没有尽头。

时光安静如流水，我在一株树下看枝叶之外的天空，那里有朵朵白云，禁不住想，人若有翅膀，会不会都愿意去那里翱翔？

有风带来花香，在这花事繁茂的季节，哪一朵花不是美好的呢？我轻轻嗅一嗅，香味便漫向心底。

不远处的山涧里水声潺潺，那一脉水系不知在这山间流淌了多少年，更不知其中落了多少圆月？但我相信，每一轮圆月印入其中时，人间必有一桩喜事到来。

喜欢做个在岸上看月亮的人，喜欢月到处天上人间的清亮，觉得即使暗影存在，也不妨碍月的圆满，以及人心的富足。

人一生总会遇到不快的事，一个付出一个接纳，一个心甘情愿一个理所当然，仿佛宿命，其实是彼此成全。

没有谁注定是谁的花朵，每个人身上都带着某种使命，不要埋怨他不懂，最好的懂是月亮般为了他而自我圆满。

步行下山，停留在凤凰湖畔，湖水静寂，倒影里的天空、山林、云朵仿佛暗语，藏着无限玄机。

我在一朵盛开的小花前静静等待月亮的来临，就像等待心仪的人到来一样，满怀期待与幸福。

月亮从东天上升起来，这是十六的月亮，满而温润，若某人的眼神，仔细想想，那人是一直生在心里的。

我按着心脏处微笑，换了你，会想起谁？此间花好月圆，唯愿世人心中一直春天，将人间的美写向永远。

第五卷 所思在远道

慧行坚勇

天空阴郁，没有云朵。从北方吹来的风夹杂了雪的味道，虽不凛冽，却凉薄得使人清醒。

一个人只有清醒，才能看清很多事物，才不会在岁月的侵蚀下落了颜色，才能像一朵花散发出迷人的芬芳。

听许巍的《空谷幽兰》，歌声出尘，词曲极佳。尤其"慧行坚勇"四个字，颇令人心动。一遍遍去听，有身陷藏地的感觉，仿若四下皆是梵音，每一步都见莲花。

遇人也如听歌，众里寻他千百度，那人却在灯火阑珊处，缘分就是这般无可预料，我们要找的或者要等的人，出乎想象，没有确切的时间、地点和容貌，即使心有呼应，也只有靠近后才能觉察。

书上说，人与人最紧密的关系是在遇见那个人后，才知道这一生不虚此行，之前所受的苦都不过是为了将自己打磨成两个人约定的样子。

多么令人释怀的言语，只是这波涛汹涌的尘世，又有几人不被淹没与同化？能够成功翻山越岭抵达圣境的毕竟很少。

天光终于明亮，少了淋漓的雨，连人似乎都晴朗了。在交错的光影中，忽然向往远方，以及那里的人。

被视为同类的人总是很少，喜欢和只要你说出只言片语他就知道你喜乐的人说话，无须做任何铺垫，直指内心就可。

去城外的景区，以缓慢的步履前行，不去看身边来往的人，深知彼此都不是最初的模样。

在名字唤作深秀的湖前停留，看翡翠般的湖水，倒映着山的样子，恍若在梦中。亭台飞檐，小桥曲折，皆如书中的字，缀满了故事。

有山寺的钟声清越，穿空而远，顺着它远去的声响，仿佛看见身披袈裟的年轻僧侣犹如赤子在微笑前行。

这世上，经过万千磨难依如赤子的人不多，尘事如沧海，触目皆是无边无际的人生，大多人都是跟着时光的步伐黑发见雪的。

只有极少数能获得成功，因为他们知道自己的理想所在，并坚韧不拔地践行，不亢不卑永不退却，直到看清和驾驭属于自己的属性，从而走上安稳坦途。

所以人不要忘了初心，要知道自己该做什么，要等的人是谁，即使经历再多风雨也不动不摇，依如赤子，心有所属。

沿山路曲折向上，山腰上的寺院，庄严肃穆，香火袅袅，寺前白色的垂目观音像，托着净瓶面露微笑。

山木已失去苍翠，露出遒劲的枝丫与挂了青苔的山石相得益彰，有苍劲的美。

自然的玄妙在于给所有人都是相同的外在，至于谁能从其中获得力量并娴熟驾驭，且以此为引，迎来更多的福泽，实在是说不清楚的事情。

空气清透，让人舒畅。忽然想起一句诗，"山气日夕佳，飞鸟相与还。"蓦然有一种与整座山连成一体的错觉。

也许，人一生最美好的存在该是与这个世界相知，清楚地知道每个人的痛楚与欢喜，身在其中勇敢地活着，细细思量与琢磨摆脱苦难的方法，轻盈执着地度己度人。

所以，不要羡慕别人的成功，每一个成功者的背后都有一个故事。不一定幽婉，也未必美丽，但其中一定裹着聪慧、忍耐、善良、相信和心意。

终于抵达山顶，在风中遥望远方，仿佛看见春天裹着温暖与绿色在微笑而来。

伸出手臂轻轻挥动，算是和春天示意，也算是和旧年告别。

愿世人皆安，新年快乐！

旧衣裳

捧一本书，坐在光线明亮的阳台上，藤椅大约是老了，一动就吱吱地响。

天空难得一见的干净，有白云在缓慢经过，虽是少了飞鸟的痕迹，却隐约听见某种回声在荡漾。

轻轻去读书上的字，声色平静。种了两年的芦荟，似乎听懂了什么，叶子上有明亮的光泽在流淌。

脚边有一小床，上面晒着旧衣裳，只黑白两色，如两个抵足交谈的人。

这世上如果能遇见一个可以抵足交谈的人也算没荒废了时光。一个现世安稳，一个流离颠沛，但只要你说，他就会懂，这要修行多久，才能抵达？！

小艾说，每一个日子都是一件衣裳，有人穿一次就旧了，有人无论穿多久都是新的。

日子总是平常，能将平淡穿成华美，要在上面绣多长时间的花才能让之盛放？就像两个人，要经历多少磨难才心神合一相濡以沫？

一向对穿衣服不太讲究，只觉得能穿得干净就好。至于人的寂静、热烈、慵懒、纯粹还是从内心生发出来的，与穿什么衣服没有本质上的关联。

在一本书上看过这样一句话，世间所有的衣裳都有自己的角色，能在戏里做一朵朴素的花比演一个富贵的人要有意义。

我喜欢白衣的原因不是为了掩饰自己的苍白，也不是怕自己不能把日子越过越新，而是喜欢在纯白中找到与心契合的欢愉。

至于穿黑衣，大约是为了散发骨子里的沉郁，只愿让日子一洗再洗，若潮水过后，心上不落尘烟的痕迹。

被日光照久了，有微微的醉意，斜斜地靠在椅子上，看台上迟开的叠菊，一瓣瓣细细密密地挤在一起，在素净的光线下有薄亮的曙色，看着欢喜。

其实，这世上没有绝对的迟来早到，能够遇见就是正好。就像有个句子说，这世上，所有的遇见都是久别重逢。这是让人温暖的话语，若一个人抹了胭脂，只是为了他而妩媚。

人一生能遇见一个愿意为之妩媚的人，是一件比盛开还美妙的事情，可遇而不可求。

将书合起，放在台子上，任风呼啦啦地翻，仿佛有众多的情节从它的深处蜂拥而出。

随手拿起一件衣服，盖在膝上，然后辨认它的故事。在色彩中一路追寻，脑中闪现的每一幕都成了画上的风烟，像尘世的酒，在人的身体里辗转回旋。

在微暖的阳光中，我仿佛又回去了那一年。那是一个20℃的早晨，在陌生的小镇，我从沉醉中苏醒，他问，你还好吗？我努力对这个陌生人微笑。我们从不同的地方抵达这里，只为看一塘荷花。我们一见如故。相约而醉。

他说，每一年我都会来这里。我说，你在等一个人。他笑，用手指着一朵荷花问，你猜，它现在会想什么？

你不是惠施我也不是庄周，管它想什么。我微笑着说。他说，我宁愿相信它如我一样，在等一个人。他的语气幽深，犹若梵音。

深入为了懂得，盛开为了等待。这仅仅是一朵花的深意吗？

他临走前送了我一件纯棉的白衣，衣角上有他画的一朵荷。他说，一件衣裳可以旧去，一个人心却不可以。

我把藤椅向暗处挪了挪，渴望避开光线再次在心里看清他的脸，可已是不能，也许我是真的忘记了他的旧模样，那个有着疏散笑容和满身清越的男人。

我捉着白衣的一角，默默地想，也许这一件旧衣裳是为了告诉我，无论时光怎样经过，我都可以在其中安稳、平静、沉迷，抚慰，以及沸腾。

我靠进椅子，闭上眼睛，看着日子从心头走过，不惊不喜。

安静

　　这是一个薄凉阴郁的秋天早晨，坐在晨光微明的窗前，看外面不可测度的世界，不为找到秘密，只想寻得一份安静。

　　没有鸟，也没有风，只有路人和车、树木以及远近林立的楼群与灯火。

　　时光从来直接，不是纸上幽婉的诗句。既然城市渐渐苏醒，寂静便会越去越远。还有人、念想、遇见以及一些美好。这是一件让人无可奈何的事情。

　　无可奈何究竟是怎样一种情形？会不会像深爱一个人，到了无路可走时，才发现自己原来如此寂寞如此孤独？

　　一个被困在爱中的人，大多时候都是笼子里的鸟，有扇门开着，却不想飞出去也无力飞出去。

　　一直是一个崇尚自由的人，在潜意识里抵制那些流于形式的东西，包括对话、动作、眼神，以及无须存在的问候。

　　只是在这复杂的尘世，与人相邻而居，谁也无法摆脱交谈、谋求、取暖，以及合作着存在。

　　唱机里的歌者缓慢演绎，清亮的声音也掩藏不住她潜伏在意识里的忧伤与彷徨。喜欢她的歌，不因她的长相，只是看她那与这世界日渐脱离的淡漠眼神，里面藏了太多的无奈与苍凉。

　　也许，她还不够沉稳，做不到超然事外。虽然她的歌辽远宛转清丽悠长，仿佛是从心里流淌出来的，没了烟火多了清冽，但却无法用心力把你带去安静的国度。

　　早年读三毛，异常佩服她的果敢独行，异乡漂泊，洋洋洒洒写了数万言,后来遇见荷西,自以为找到了归宿,可以停下来,不再行走,可没过几年就生死两望了。

她的一生极其努力,但她的世界与尘世并行而进,交集太少,即使她以为深入,其实还是被排斥在外。城市永远都是别人的,故土依旧远在天边。

她喜欢把细微与深刻浅淡叙述,不动声色,若一个坐在暮色里盼爱郎从战场归来的女人。一个人无法控制内心的汹涌波涛,难免会被其淹没。她心里是苦的,着实让人难过。

让人望见的疾苦常常很快就可复原,藏在心里的病痛,才是与己纠缠一生的伤口,不会随时间的苍老而复原。

细想,她的苦,大抵是用尽了全力也没找到安静的所在,安放自己的灵魂与身体。

依旧没有风,天地像密不可分的情侣在相互对望,其间是茂密丛生的尘世与爱恨。

有只鸟无声地飞过天空,没有留下一丝痕迹,像带着秘密般走远。

其实这是个没有秘密的世界,早已不需要谁来书写无关紧要的章节。故事本身向来都是安静的,不安静的是从心底而起的欲念。

有段时间读杜拉斯,有中毒的感觉,许是她在流水、清凉、本质的文字中下了媚惑的药,让人无法走出她给予的,那个质地阴郁、悲凉、纷乱、喧嚣、望不见未来的世界。

她随意转换场景、人称、叙述节奏,以及时间顺序。她把人性像荔枝般轻轻剥开,露出它鲜美汁液与肉身,但在相互纠缠消耗后,最后留下什么样的种子,则取决于命运。

她一生被围困在字、酒、情欲的世界并不让人意外,一个试图拒绝神性与安静的人,必然是一缕没有翅膀的风,只能在原地打转,永远也无法振翅高飞,即使才华与灵性无人匹敌。

窗外,天光终于明亮,尘世的声响震耳欲聋,繁华莫过于此。

只是,在繁华的背后,或者一本书外,我能否做一个安静的人,如果允许,还想写一些字,记录、劝说、安慰、纪念逝去的时光,以及自己和身边的人。

　　想起一个电影的片段，女人拉着男人的手说，你为什么不能留下。男人用另一手划过她的脸最后抚着她的头发说，我还不够安静。女人眼神随之黯淡，她终于知道，不是不爱，而是自己无法让他安静，于是松开了手，然后和他道别，看着他的背影消失在视线以外，泪流满面。

　　也许，爱一个人到最后，不一定要和他一起，只要他早日安静，不再漂泊，不再痴狂就已足够。那样，他才有时间梳理往事，才会在某一个段落找到你，至于会否感动或者后悔，又有何关系？！

隐语

在梦里的春天行走，被一声鸟鸣惊醒了来。白软的月光照着满屋子的寂静，像怕惊动了花开。

没有媚骨横生的夜语，也没有清亮缭绕的琴声，只有一颗心在夜海中飘浮如萍。

其实，一直都知道一个人想去哪里或能去哪里，有时非人力可以改变。所以，祈愿神能赐予我预知自己今生的能力，然后沉浸在时光里找出藏在尘世每一句与我有关的话语。

若人果真有了如此神力，把一切的来去都看得清楚，是否已沦为虚妄，失去了生原有的美好与乐趣？！

有虫声贴在窗上试图跃入，婆娑的树影似看客凝眉沉思。这是似曾相识的时光，却想不起哪年来过。

这世上是否真有一些时光、地方、事物、人，是我们早已写下的伏笔，只等着某天相逢，让生的故事更为动人绚丽？

薄衣素行的日子一过再过，倘若叠起来大约比书厚很多，至于故事是否完整或者是否具有意义就不得而知了，但却知晓那些与我相逢的伏笔还隐在时光深处不曾前来。

用仰望的目光触摸辽远深邃的夜空，三三两两的星星缀在其上自成风景。

渐老的月色把三点的夏夜熏染得像极了黄昏，只是没有飞鸟前来投林，更没有炊烟牵扯着清风。

想写一首诗：浮起的都是旧句子。新的句子许是还在路上，或还隐在某个故事中，又或是被唐诗宋词全数俘获了去无法突围。

滚滚红尘，无法突围而出的人和事比比皆是，所以忧伤如这月光流了满地，凉了尘世也凉苍生。

　　没来由地想起那句："春有百花秋有月，夏有凉风冬有雪。若无闲事心头挂，便是人间好时节。"

　　这确实是美好的人间，但果如仓央嘉措所说的那般，这世上，除了生死哪一桩不是闲事？想问，难道那些沉浸在经历中的感情都是闲言碎语不值一提吗？

　　一直都不是一个可以隐藏心事的人，所以常把自己置身于进退两难之中。朋友说，过于纯真便是单薄与固执，伤别人也伤自己。

　　有不知名的夜鸟越空而过，丢下一句讳莫如深的话。鸣响若一枚投向风平浪静的石子，惊落了寂静的花瓣。

　　我把打乱的思绪收拢，捧着一掌的月光，继续去想可以生色的句子。写字不为献媚于谁，也不为谋求什么，只愿把不能抵达的言语隐在文字中，待到重温时便有了两份时光在纸上开花。

　　在一本书看到这样一句话：不是经历的太多，而是听到的乡音太少。那时，心不禁为之一动，细思量，若遇见一个说着你心里音色的人，那该是怎样的美好啊？！就像你在这里击节，他在那边相和，无须对话早已心领神会。

　　私下认为，至美的灵犀不仅是他能听懂你的话，更是能准确捕捉到那些隐藏在尘世内外关于你的话语，然后染以颜彩与你同喜。

　　人一生能遇见这样一个人，近乎奇迹。在那人未来前，不如先做一个身心俱安的俗子，然后静静等待。

　　其实，这是一个开花的尘世，所有的遇见都是生命的隐语，若一枚枚种子，要给它足够的时间、土壤、阳光、水分以及爱。

三生三世

夜幕沉垂,没有风和月亮,只有几颗星星散落在天宇以及倒映在水中摇曳不定的灯火。

坐在名字叫作凤凰的湖边,有碎碎的水声若一个个禅语,任人拾拣。想不起曾在哪里也如此安静坐过,但新旧时光都是一样的荡漾。

新旧时光都是一样的荡漾,只是心会否不同?也许尘世太旧了,难免心里会有各种痕迹滋生成苔。

其实,早已过了任性的年纪,但感伤还是有的,不为时光太快而怅惘,而因有些人越来越远。不是不懂,而是不想懂了。褪了心的衣衫,人已不再是那个人了。

如果不再熟悉,不如陌路。过分迁就与纠缠,只会让人厌倦或伤了彼此。

有鱼从水里跃起,然后落下,惊起一片水纹,叠叠光影若神散落在尘世的眼神。

想起有人说过,如果逃逸不去,那就深入其中。我微笑着看那圈圈波纹,依稀有被招引的幻觉。

远处有人在呼唤另一个人的名字,声色若黄昏,有要将夜响成明黄的美好。

湖外静寂的山林中栖息其间的鸟们大约都睡着了,我隐约看见从它们梦境中漏下的深黛,把山林染得更为幽深。

日子真像旧句子,似曾相识,但沿途之上,风景是春夏秋冬就未可知了。

所谓冷暖自知,旁人是窥见不得的。即使了解,也爱莫能助。

其实,每个人都是经过时光熏染的陶器,成什么样子、落了什么颜色待成了器物后就定下了，逆流成河的奇遇少之又少。

人若真如来时一样，永远都是最初的面容，恐怕是谁也不敢轻易近身。经过时光雕琢没显露痕迹的人，在常人看来大抵会令人生畏。

想起你说过，文字中的你曾让我感到敬畏，没有一丝烟火，像是生在云端。

不染烟火，生在云端的也许大抵这样，但我许是还缺少些什么，我只是盘横在这世间等了你三生三世。

至于为什么要等那么久，也许是一世为了等、二世为了得、三世为了还吧。这样说会否太俗气？

曾看到过这么一句：路过一家唤作三生三世的婚纱店，不知是在杭州还是在苏州，也不知是否真有那一日。

羡慕那些能把生活过成恍如隔世的人，看看这仿佛来过，看看那似曾相识，其实来没来过、认识不认识已不重要，重要的是原来我还有一份心留在了前世，它让我可以在重叠的时光中自由穿行。

安妮宝贝在《月棠记》里说，原来真的是有奇迹的。命里有的，就一定会有。自己会冒出来，不需要任何努力。只能等待。

如若果真如此，这就怪不得心中的渴望了，也就能理解在来来去去中，即使伤了，却仍是不愿收起翅膀的勇敢了。

夜越走越深，有尘世的薄凉渐起，我裹着一件单衣依旧固执地等那从天外而来的星雨。

风还是来了，此彼起伏的时光从眼前淌过，向着另一个空间流去。

如果你容我这般等待，那我会一直沉在岁月中等你，不急不悔也不语。

暗香

九月，已可望见。我在八月的尾声上，静静看一瓣花从容落地。没有风，只有明亮的日光与细碎的尘世声响，以及身边来来往往的人。

在一条幽静的小巷，眼前有一蓬怒放的蔷薇。心无旁骛，细嗅花香。

用一颗纯净的心细看藏在其中略显羞涩的一朵，看见色彩亮丽的花瓣上，流淌着生生不息的命运。

不愿把一朵花看老，但知道时光总要带走一些东西。留住的和留不住的，似乎早已命里注定。

不是迷信命运，在它的城池里，其实每个人都是试图突围的骑士。只不过没有多少人能抵挡它无情地冲刺，所以，大多的人只能是它城池里随遇而安的尘沙，渴望奇迹的降临。

这世上是有奇迹的，但当它来的时候，你是否睁开了眼睛又伸出手握住了它？

摊开手掌，上面落着清凉的日子，不忍握起，只愿有宁静从中悠然升起。

记得劳伦斯的一句话，那是如诗的言语——我细聆静寂中的你，在这里面，我细诉之时，感到你以沉默，抚摸我的句语。

我抚摸这飘着香气的句子，想，沉默最美的境界，大约是懂得用怎样的心与勇气去面对爱你的人吧！？

一串清脆的鸽哨打破了思绪，我看着它们远去的背影，心生欢喜。猛然醒悟，也许飞翔的美好是可以看见更多事物与超越自己。

想有一次远游，在天地间自由往来，不受任何束缚，让心在每一处风景上开花。若没有你，我独自也行。若没有阳光，有风也好。若没有风，有细雨也佳。若没有细雨，有楼台亭榭也可。若什么都没有，有一瓣暗香在怀也为美好。

可总也寻不到远游的机会，有些像错过的人，一旦丢失，就再也回不去了。

告别蔷薇，却感觉有缕香气缀在衣襟慢慢渗入心灵。不去追问，任那些逐渐老去的往事纷纷落地。

若有一些事无法安放，不如让之散去。记忆里存留太多的阴郁，只会让人愤怒、忧伤或者怨恨。

曾有人如此写道："只是想做一株飘香的花树，不在乎被安排在哪个角落，被冠以什么名字。"在这恬淡的语境里，让人隐约看见一个身着布衣，悠然走过尘世的洒脱身影。

其实，人做不做得成花树也无所谓，能做一个心有暗香的俗子，在尘世过着平淡的日子，也不失为生的美丽。

若有人愿意当你是花，或者你愿意把他看成了花，而且彼此心心相印，那就最好不过了。有一个人和你在薄凉尘世相互取暖，怎不叫人羡慕！？

其实，这世上叫人羡慕的事情还有很多，那些都是用心才能抵达的风景。若立在树前看花，风来与否，花香一直都在漂流。

王明阳说，你未看此花时，此花与汝心同归于寂。你来看此花时，则此花颜色一时明白起来。便知此花不在你的心外。

如此说，你明不明白？我对着寂静的空巷，轻轻说于你听。

在幽寂的空巷，我只能听见自己的足音，至于是不是走向你，已不重要。在生的路途上，如果缘分到了，自会遇见，然后相爱。

恰如，你遗失在尘世装着你心的香囊，谁嗅见了其中散发的暗香，并且找到后还你，那才是你要找的人。

风带着九月的眉眼，悄悄抵达，吹动了我心里一树关于你的碎碎黄花。

在巷子尽头，我看着镜子般干净的天空，用心去寻找自己飞在其中的影子，渴望合而为一。

身外，有一缕暗香轻轻走近，依稀听见它衣袂叠风的声音，会否是你？

秋是白的

天空干净得像张白纸，把云都淹没了。路过的风把清亮的日光吹动，乱了尘世的眼睛。

有鸟飞过这秋天的早晨，我在菊花开放的窗前，仿佛看见它落下的言语缀在秋衣上。

邻人又在弹琴，曲子如被折叠了无数次，筋骨尽失，若树上的寒蝉，一惊一乍的，更像白了脸的演员，木然地站在舞台上，不知何去何从。爱到这份儿上，会否也是一种苦。

书上的故事无数次说，适合自己的才是最好。爱好是，爱人也是。尤其爱人，那爱像穿衣，白衣黑衫彩装各自美好，什么季节，心里一定要清楚。不适合自己的，只会让自己风华尽失。有些人像一场雪，注定路过，再努力也是枉然。

不知几何起，这秋凉越发肆意了，浮在脸上又可以进入心底。洒一些水给菊花，然后推上玻璃，将薄凉与声响关在外面。

把长夏穿的衣服，一件件整理好放在一处，皆是白色，又经过一夏的洗涤，白得沧桑。若有人可以将之染色，我愿抱之前往。

想起一篇小文里的句子。可不可以养一池水，把秋洗白，放入一本书里，让露出来的光线，以及光线以外的声响与爱情，将翻阅的你染绿？

将一个人染绿的心思太美好，有些像在他衣上心上画山水、果实、枝叶、蝴蝶或者湖水，以及鱼。

只是这世上，谁若轻易在对方的衣上心上挥彩成图落字成章，恐怕这样的遇见是天意，谁也无法阻挡。

爱一个人毫无道理。不用去梳理为什么，无法得到答案。

穿越整个城市去看一个人，抵达后才知道他外出游玩已有数日。看院落门上还贴着已经发白的春联，忽然想，安于烟火沉身市井的好处，大约是让人静静地跻身流年，深入其中发掘内心的安稳吧?！

一向不喜欢凑热闹，对看风景，只愿与一两个人同行，停停走走，说一些故事，领会风景之外与生命有关的禅意。

看风景和两个人相爱相似。喜欢，看什么都是美的。不喜欢，心里多少有些悔意。

人最怕情深时看什么都是彩色的，到了情淡后，看什么都是苍白的。若一个人深入秋去，连秋都染白了，只能渴望绿色。

在我即将离开时，朋友发来信息说，这是一个北方小镇，有薄雾，感觉整个世界都是白的，在这秋天。

想起一个人曾对我说过北方一个唤作雪乡的地方，到了那里让人觉得时光都是白的。还记得那晚，他被困在车上，告诉我，天堂就在眼前，一切皆白，干净得让人只想安静沉睡。

我可以预见那样的世界，所有都是多余的，时间，心，爱以及尘世种种，它们仿若在神的眼睛里渐渐被白同化，然后进入其中。

其实，随着岁月的深入，进了秋后，越发认为秋的衣裳是白的，上面的山野，水声，以世间过往，都是其上墨色，只是无人可以改变它白的质地，若谁要改变，只能去索取缘分，或是谋得造化。

一个人能拥有的缘分与造化好似是注定的，挥霍不得，更不可错过。有些像走过的时光，一旦走过了，再也无法回去。

想来，若这世上每个人都可以辗转于时光路上，来来去去，到了最后，那情会否早已若打碎的瓷片，薄而锋利？所以，爱的时候，但请好好爱，不要相互猜疑折磨，冷了的心，想暖起来，需要太多时光。

人一生可以拥有的时光真的不多，所以不要错过。一旦失去，那不再是一处留白，而是一笔硬伤，无法修改。

有风裹着秋意行走而来，落在我的手上，张开手掌，像放飞心事般微笑。

秋天若真是白的，那飘在风中的桂香一定是我要说于你听的美丽。

阳光是寂静的

秋渐渐深浓,早晚已见薄凉逼人,只是季节依旧如常,并不为谁的冷暖止住脚步。

其实,如果时光果真止住了脚步,恐怕还是有天人两端神鬼不谋的苦楚吧?!

在长夏将尽时就想去见一个人,一直琐事缠身,不得成行。昨日惊闻,他在前一夜已去了天国。

得知这一消息,禁不住流泪,哽咽着接完电话,然后旁若无人地失声痛哭。这一生,极不喜欢哭。不到伤痛最深处,绝不落泪。

多余的眼泪是毒药,虽伤不了别人但却痛了自己。能理解的,会说句安慰的话。不能理解的,只会茫然。

不知过了多久,终从悲痛中走出来,失神地看着明亮的天光,恍如隔世。

在苍茫的天空,以及灿烂的阳光下,很想大声问一句,人这一生,为什么总要有那么的生离死别在路途上等候着,让人痛不堪言?

静静的时光在身边流过。沉默的影子坐在地上,似乎在和阳光辩论着什么。此处已无声。

往事如昨,历历在目,只是已无法回去。这世上,人留不住的东西和无法抵达的境地真是太多了。

我们一起长大,情谊无间,后来天各一方。他果敢、平和,对事物的驾驭能力超于常人。做什么都风生水起。后来厌倦了商海浮沉,停在一个风景优美的小镇上,过平静的生活。闲暇,从不写字,只听音乐,也只是喜欢,不属于发烧友一类。他对音乐的理解,细致到一个音的色泽。他认为它们是精灵,有着属于自己的颜彩。

在我最失意的几年,蒙他开导照顾,一直心存感激,总想某日聚在一起,把酒言欢,可时不待我,也不待他。也许这一生注定要我对一些人有所亏欠,无法偿还。

有阳光落在我的手上,想轻轻挥去,却仿佛扰不乱一抹眼神里的寂静。

我黯然神伤地呆坐在椅子上,回想他的笑容,以及关于他的散碎声响。

曾有一年夏天,我们在一条小河中游累了,然后仰躺在水面上,看辽远的天空。他说,你听,阳光是寂静的。

明澈的阳光落在水面上,像一件白衣,清洗着自己的质地。没有风声,只有水流以及路过的云朵和我们的呼吸。一切果真是寂静的。

过了一会儿,他叹了口气,然后游远。我看着随他游走的水痕,心忽然间空了。

现在想起那一束散开来的水痕,豁然明白,在那一刻,他已领会了生命中的某些东西,只是不愿意承认或者相信罢了。

有些人就是这样,不用经历,只要触觉可以抵达,就能知道沧桑的所在。

阳光像朵寂静的花,在尘世旁若无人地盛放着。清洌的气息若蝉翼般透明,无风自动。

一切静得好似梦境,若一滴水落下,我一定能听见它的叹息。

有人说,心若是安静的,一切都是安静的。

只是在安静的背后,我们获得了什么?能否驾驭所获得的为生命增添光彩,那才是一个人智慧所在。其他的,只是一场戏后的情绪,无关生命的痛痒。

真正的才华是为人所喜为人所用的。一切浮华的表述不过是一个围观者的眼神,路过而已。

喜欢那些能够驾驭自己的人,在任何时候既可深入其中又可置身事外,这是大智慧,平常人无法拥有。

不过，我不赞成用异常的手段戕害生命。即使了解了生命的归宿又何妨？既然结果已经注定，为什么不能让过程若花般开放？人的生命只此一回，轻易放弃，是游戏了生命还是游戏了自己？

人最大的苦莫过于心死。我不相信他的心死了，也许是太想飞，让他忘记了自己不是精灵，没有翅膀。

我安静地写这篇随笔，请容许我用了"他"字。我相信他一定能够看见。天国并不遥远，也许不久我们就会相见。

套用一位名人的话，说，在那地界儿，终于有我们的人了，请支好桌子，等我喝酒。

是的，请支好桌子，等我喝酒。明日，等我到了墓前再一一细说。

阳光洒在键盘上，寂寂无声，如此美好，我们当人人珍惜。只是我的眼泪再次流下，在桌上溅落开去。

如此过去

天高净远，阳光清亮，城市如同安睡的少年，没有浮尘与喧嚣，一切仿佛昨天。

安静的午后，接到来自北方的电话，站在窗前，静静聆听朋友传递过来的细雪和风的声音。

话筒里风声低回，我眯着眼睛想白雪的场景，会否如同两个人，在薄冷的时光中也可以飞翔，让诗意抵达彼此存在的地方？

美一直以最朴素的姿态安放在那里，懂得用安静的方式收入心底的，才是最智慧的。所以胡兰成对张爱玲说：岁月静好，现世安稳。

人与人之间关系如同藤蔓与树，树有了藤蔓的摇曳才有了飞的意蕴，而藤蔓有了树的伟岸才能攀上更高的地方。

许是好久没有看书和写字的原因，在去办事的路上看到"新华书店"四个红色的字，有些深思恍惚，感觉这一年就这样匆匆过去。

究竟是时光太快，还是我们不曾在意它远去的方向？不得而知。

霍金曾预言说，也许到了2045年以后，人可以长生不死。不想去问这句话的来由，就算活着的光阴再久，也敌不过它如此过去。

写随笔已有10年之久，我的部分心事与心情皆在其中，慢慢去翻读，如同看一帧帧影印图，彼时的种种或清晰或模糊。

人是善忘的，也幸亏善忘，心里堆那么多事，难免焦灼，伤了自己和他人。

与年少的朋友们相见，天南海北地居住着，各自经营所谓的人生，能聚在一起极为难得。说起往事犹在眼前，只是难免唏嘘，怎么就如此过去？

艰难与轻松对已经过去的一切来说，皆是笔下的风烟，成了人心底里的柔软，毋庸触摸，也会生出感谢。

不懂感恩的人，是不会获得宁静的。所以不喜欢沉湎于旧事，恩仇都不过是当时的立场，大多还是自我的感受，谈不上谁对谁错、谁真心谁假意。

渐渐领会了安静的好，坐在窗前看天空，不去思想，整个人是放松的，似乎与空间连成了一体，能感觉到来自自然的律动。

若窗外有花香，例如木犀的香味，觉着也是一种缘分，仿佛一转身，就不会再见。

书上说，人在一呼一吸间成了过去。细想，如此过去也好，两袖如有风，一挥一动里云起云涌、你来我往，彼此面目尚且清秀没有厌倦多好。

人生若只如初见，无非是对过去的怀念和对现在的失望。其实，一个人生出这样的感叹，心已经老了，甚至连自己都忘记了是谁。

这几日天气很好，巷子里有风，夹杂着邻人的言语。他们说这里将要拆了，心里有隐约不安，感觉那些年少的光阴会随着老房子的倒下一起散去。

女儿说，是你没有洞悉过你的青春，它一直围绕在你身边，只是你看不见而已。

人的面目果真是多元的，**重重叠叠**，哪个新哪个旧并不重要，即使是过去，没辜负的都是好的。

路边的冬青依旧苍翠，全然是独自安好清欢的模样。早已落了叶子的梧桐，如静默的智者，枝丫如指，点向苍穹。

望向远方，无论谁在踏空而来，都是难得的缘，是照亮彼此心灵的指引，只为让我逐渐将过去和辜负写在心上字里，向懂的人致敬和向被辜负的人道歉。

天空白皙，若一张没有着墨的宣纸，厚而不重，逸而不飘。

静然走过，如此很好。

所思在远道

冷渐渐远了，会去向何方，不去关心。季节来去从不为人力所变，不如静在一处抚摩冷暖。

清亮的阳光让整个早晨显得透明了许多。行走在路上，想起了一个人，嘴角有微笑上扬。

从古旧的石桥上走过，水声在桥下起伏。时光早已不在，就连年的笛音也越飞越远了。

曾经落在这里的话早已被风吹散，还有眼神、表情以及手势。只是不知，那些散碎的章节，此时落在谁的书中。

身边有情侣相依着走过，青春的光彩饱满亮丽。时光果真如此相似？不由微微一笑。

不再急着追赶，很多东西并不属于谁，但日子却要用心去过。一个人生活的动力不会只有一个，会有很多，都需要用心面对。

不会再为得到什么而活着，一个人能够懂得自己也是美好的事情。

人走在自然的大道上，被时间牵着一路向前，并不认为终点就是归宿，相信在那里还会有一个世界，里面活着人生的细枝末节。

相信在那个地方，你会看见阳光与雨露流动在它青绿的枝节上，或从其间无声落下，勾画出了人生的厚度与诗意，以及你风中的样子。

每个人都有自己的模样，以及对生的理解。一如草木，有着自己的葱茏时光。愿意相信在善的时光中行走，连心都是亮的。

从不认为生是一件辛苦的事情。很多时候，人会被面前的困苦所迷惑，以为自己已经用完了活的力气，待到越过以后，才知道它也不过如此。

人世间有太多相似的故事，只是疼痛不会相同。有些人表面是冷的，有些人内里是热的。而假象与谎言也终会在时光推进中渐渐露出破绽。

一个人掩藏得再好，总会有人知道他的内心。爱一个人、被一个人爱也是。

世间所有的相遇都是从远及近的。一见钟情也必须经过时间的洗礼才能露出美丽的光华。

说到钟情，更喜欢"心有灵犀"这个词，太美好太诗意。一个眼神便可触摸彼此内心，一个微笑就洞悉彼此心事。春天大约就是这个样子。

所有的柔软与生长都无须刻意，心上有了温度，便有了彼此的季节。

一个人能存在的时光没有多长，能走多少路遇见多少人无法预见，但若能把有限的时间活成无限的存在，则取决于一个人的领悟。

能够一直在场的人，是世间的智者，是从远道走来手握生命秘密的人。

你不在，我知道你在。你不说话，我当你在说。这世界非我独行，这是多么温暖快乐的事。

其实，也知道彼此在各自的世界行走，只是不知你能否感觉到我的幽思一直在你身边存在？

风从远方来，隐约裹着春的味道。想来，城外，那一山的桃林距离开花也不会太久了。

天空干净如镜，倒映出远道的缘由。我收入心底，然后继续行走。

窗外的光阴

暮色将晚,风裹着微温浮动在辽阔的尘世。我临窗而坐,饮一杯茶,看夕阳西斜。

没有寺院的钟声,以及悠扬的佛乐,却有身在世外的寂静。或许是老了,不再追问某些故事的结局。心静,世界就是静的。

从春天绿起来的树,在窗外茂密成林。有鸟在其间对语,自由起落。环城河上薄雾渐起,暮光将水色染黄。

时光果真旧了,好似只是转了一个身,尘世就换了颜色。像两个人,失去了对话,便有了距离。

有时候,不是不想说,说了不懂,不如不说。理解有了偏差,就会生出心的罅隙。安静相待,也许比彼此埋怨多些诗意。

人一生经历那么多,不是每个人都能将所遇所见所感所受一一消化然后吸收的。不是智慧有长短,而是承受有厚薄。

不去计较,是因为理解。因为爱,所以慈悲。没有斗志的生命,必会被春天淹没。

总认为一个人的生命实在短暂,混沌地活着,不如清醒地争取。至于能否获得幸福,在乎天意。

年少时对幸福的理解与现在早已不同。年纪就像窗外的光阴,景色还是那一片,层次、力度与厚度,自有差别。

喜欢用"琥珀"这个词,认为它与光阴相连,让生命的记忆流光溢彩。人在每个时光里都会有欢笑与眼泪,在往事的内河中,两岸的风景都是生的茂盛。

有人问我文字中的你,究竟是怎样的女子,让我念念不忘,痴心绝对，笑而不答。其实是失去了回答的兴趣。

你不过是一个隐语，是时光、际遇、梦想、生命、追问、缘，或者其他。

一个人如果不迷恋生命本身，不断追溯生命的本源，就不会在生命之上找到快乐。生命不仅仅只是活着，而是要在存在的基础上，把它经营成自己最美好的家园。

喜欢说一些情感故事，但真想说的不是故事本身，而是隐藏在句子中的话语。如果谁在其中，听见了水流的声响，说明已了解了我的心。

所谓知己，大抵是能够听见彼此的心声，然后让它开花结果茂密成园。

有人说，一个人一生遇见多少人，与多少人产生交集，与什么人相爱，与什么人分离，早有定局。不喜欢这么宿命的言语，在光阴的河流中，谁都是一路向前的，能有一个人陪你在生的途中看着风景老去，你还在乎别的吗？

别怨恨，别难过，活着就是行走的修行，我们一天没有到达生命的终点就要努力盛放，即使没有掌声，也要相信在春天总有一朵花是为你而开的，请珍惜存在的时光。

鸟已安静，还有巷子，以及沉浮的言语。我离开西窗前，感谢与想念所有遇见的人和事，还有你。

华灯初上，暮声汲汲，窗外，光阴在流淌。

满城桂花香

天空阴郁,像有一场雨。只是这秋,若下了雨,怕会淋漓数日,不大喜欢。私下还是喜欢晴朗的天气,在明亮天光下,连心情都会无端地好很多。

人若整日沉在灰色的世界,恐怕连心都会被其感染,落下病痛。

有凉风来访,携了几许香气。不知从何时起,这小城竟然飘满了桂花的香味,若袅绕的声音,浮沉不散。

桂花的香味一向浓烈,在偌大的空间飘来荡去,落到谁面前,都会让人有触摸可得的神秘。

记忆中的小城,每年九月都会有许多菊花生在各处,次第开放,触目可见。感觉它们像极了夜空的星星,可以照亮了人的眼睛,或者照亮一些人的心。

坐在公交车上,看车外流动的风景,菊花依旧是有的,颜色各异,正羞答答地开着,只是在桂花的逼人香气下,显得有些落寞。

忽然想起一句话,你别落寞,我只是路过,不会带走什么。果真不会带走什么吗?至少在这一刻,我的心里有故人重逢般的喜悦。

总觉得"故人"这个词有些妖娆,仿佛是生命的藤蔓,长在血肉之中,伸展而出,只为某天与他遇见。

我与桂花结缘于少年。在那之前,对它并无所知。一直都是个不太喜欢走街串巷的人,对小城几乎陌生,对植物更是所知甚少。

后来知道有种馥郁的香叫作桂花香,却是从一碗黄澄澄的酒里获得的。着实让人有些跌破眼镜。

那是某年的中秋节,一向不爱喝酒的父亲不知从哪里拿回一瓶酒来，告诉我们说，这是桂花酒，有些年头了。

论说酒，对少年的我来说，已经足够有诱惑力了，再加上浓而不散的香，便越发从心底欢喜。

后来稍稍喝了些，酒虽不烈，妈妈却也不让多喝。所以喝完面前的酒后，只得看着空荡荡的瓷碗，一边回味，一边闻那挂在碗上的香。心想，这桂花，究竟是如何样子呢？

后来终是见着了，那是一个阳光灿烂的午后，在异地的一个朋友那里，他引领着我，在一条小巷深处与之邂逅。那年，我20岁。

站在院落中，我静静地看着那些黄黄的细碎小花，一粒粒地挤在一株株花枝上，安静若聆听尘世心声的素颜女子，互不夺色各自美好。

朋友说，这一株花树已有百年之久，每年的花色浅淡不一，似乎和年成好坏有着联系的样子。

我笑着听他那么说，正想回些什么，恰好有风抵达，花雨如幕，不禁呆在那儿，恍如饮了酒，醉倒不醒。

可惜没有人可以在时光中醉倒不醒，该走的路一步也少不了。所以后来见过许多树桂花，每年也总会收集一些它的花瓣，洗净晾干，放在酒里浸泡，只是怎么也找不回少年时品尝的那个味道，实在有些遗憾。

也许，这世上，有些东西最初时的心心念念一直都是纯美的，可是经过了俗事的浸染以及自己无度地挥霍，本来的面目早已物是人非了吧。

心不同了，所能品味的道理以及其他，自然就有了变化。谁也无法回到最初。

看着路边，一树树盛开的桂花，那些飘散在风中的香味似乎早已绕满了小城，不再记得回去的路了般，顽皮地游在空中，兀自飞舞。

假如，这小城是一江水，在这浓云般的桂花香下，是否能把时光也洗出香味来？

天终于晴了，有束光落在面前。我微笑着向前走，身边仿佛有禅意飘过。

第六卷 把日子过成一朵花

不负浮沉

素喜秋天,没有原因,就像爱一个人,从心底里欢欣,无须理由。

理由的存在无非是一种解释,是给自己或他人的,大多为了一种心安。至于能取得什么效果,不得而知。

随着年龄增长,渐渐明白,有些事不需要答案,开始相信一切的故事都有浮沉,那些尽力在故事中美好的人,才是最具灵性的,值得学习与敬佩。

承认自己不是一个聪明的人,对很多事理解不够,做不到通透,不是沉在事情底部仰望,就是浮在其上随波逐流。

所以日子过得平淡,如同一只没有翅膀的鸟或不会游泳的鱼,在既定的范围内活着,不懂如何迎接和驾驭命运。

有时想,做一个俗常的人,过市井中的生活,无须要求过高,能够抵达的才是最好的所在,奢望过多难免忧伤。

但心底总有淡淡的不欢,认为人一生只此一回,不能辜负了时光和自己。即使有来生,会否还记得今生种种,是件难以印证的事情。

其实,人所有的不欢不过是不得的苦而已,人若能用日日遇见的欢喜将苦慢慢打磨殆尽,一定如站在桂花树下,即便一会儿,也将落一身香气。

对于桂花极为钟爱,一度怀疑它曾穿透过我的命运,只是不知何时曾在它浮沉馥郁的美好中幽居。

那日与小砚说起桂花,更有妙句出现,想来也是一个可以隔着千山万水能够闻见其香的人。

一个人走过千山万水,路上该遇见多少婉约美妙的事?听它们在明亮天光下或在烟雨蒙蒙中对话，那些染了颜色的句子，多么激荡人心。

一直深信，能够写出让人喜爱文字的人或在其他领域给人以美的人，心中必是拥有千山万水的。

喜欢与有情怀的人交往，从他们身上可以看见优雅和不问沧桑的喜乐，那是一种光，需要修炼。

一个人心里有光，眼中才有炯炯神采，才可以透过浮华看到沉静的美。

书上说，浮动是一种表象，最多是生命的外在，而沉积的幽香才是时间的真味，人所要做的，不过是不惧浮沉尽力活好罢了。

如此说，可不可以理解为，任何一种花开都会有张望与寂静的等待，就像大多的花蕊在等暖春，融融的细雪在等寒冬？

人最好的感情也该如是，彼此的身心都在等候与绽放，只为那个人，不离不弃，不问身外光阴几许。

这世上，若是所有的浮动都是在飞翔，所有的沉寂都如琥珀，该有多好？

人总有愿望，但过高的愿望难以实现，因为浮动的美也需要轻盈，人过于沉重，难免焦灼。

世上没有无尽的事，包括梦想，大多都是重复交叠着的，与前人的淡然、苦痛、欢喜、哀伤相同，潮水般永不停歇地冲刷着生命的彼岸，我们能够避开的或许只有不负彼此。

张国荣唱，秋天该很好，你若尚在场。是的，每个秋天都很好，只是他做了蝴蝶，会否真的理解了浮沉的意义？不去惋惜，一切的果都要因去完善，不负心安就最好。

看着窗外的蓝天，这一日格外好，一切都恰如其分地存在着。

有风如信。一枚叶子从树上翩然落下，好有诗意。

时光在流逝

花似容颜为君老,挽着时光在春前——

我微笑着合上书,阳光中的微尘被惊得四散而退。只一转眼,这窗外的春烟已被时光漂染成了夏蔼,于风中漫步。

光阴这般不动声色,更让我感到了它流逝得迅疾。在眉眼、在指尖、在点点滴滴的来往中。它背影妖冶,却让人心生寒意。

一切都在时光中沉浮,有谁在它的流淌里捉到了鱼?

于丹说,"时间没有等我,是你忘了带我走,我左手是过目不忘的萤火,右手是十年一个漫长的打坐。"

能够在时光流逝中有念念不忘的过往和有对生命的思考是件多么值得欢喜的事情。

我愿也能如此清醒、又如此诗意地走过每一个生命的路口,寻觅到幽香路径。

如果生命如繁花,那我可否是一株树,在静寂中细数从枝叶间漏下的斑驳时光?

诗人说:"世间事,除了生死,哪一桩不是闲事。"仔细想想,果真如他所说,除了生死之外都是闲事,那又拿什么来注释生与死的含义?

如果生死如此直白,不用注解修饰其中内容,可否让我在水边静静老去,至少还有潺潺水流和清越风声,以及纠缠在其中的尘世之流光碎影。

越过少年的黄昏才能目睹青春的朝阳。若非时间在流逝,我们又怎能亲见如许灿烂风光?!

我愿在流逝的时间中用一颗赤子之心将生死注解。无论色彩是否鲜丽,定义是否厚重。

一直对沙漏心生敬畏。颠来倒去间，便把时光漏去。

曾一度揣测制造者在创造此物前是否已经开悟，怎会如此从容，将一颗冰心放在细碎的沙粒间，慢慢思量生死的命题。

只是没有几人拥有慧眼，窥得玄机，将之轻轻捧起，放入智慧的玉壶，得其指引。

大多人只会在时光的流逝中，感叹季节的荣华与命运的反复。往往心在天，而命在地。

其实，在时间面前，我们都不过是一只蝴蝶。如生于春，便可嗅得百花味；若生于夏，即可安然沐浴葱郁；如生于秋，更可尝尽风华秋露；若生于冬，最好坐在茧中，一边学习一边长大，等待自己的春天。

请不要过分相信奇迹。一分收获，终将包裹着一分努力。没有辛勤汗水浇灌的花朵，骨干未必经得起风雨。

春光早已散尽，在夏的面前，我有入梦的错觉，恍若握住了一缕光阴。

没有人可捞起流逝的时间，在流淌的时光面前，连神也无主。

停在肩头的阳光有了灼人的温度。路人目光清冷步履匆忙地从我身边走过。

这一直不停流逝的时光啊，能否将阳光的温暖倾注于我们内心，让这个世界每个人都面生微笑，都能在对错中找到自我，拥有勇气以及善良的纯正品性，让和平的花朵开满这生机盎然的绿色地球。

到那时，我愿是一只鸽子，在蔚蓝的天空上，看天下和谐的秀美风光。心生欢喜。

——我不怨时间在流逝，生命皆因此而丰满美丽。请微笑面对每一天，亲爱的，即使风雨。

深意

连续几日的灼热气温,让本以为凉起来的秋,陡然又生出了热闹来,如同一碗搁置在木桌上的清水,落入了几瓣花。

不想外出,不是因为天热,而是忽然想走到书里。想不起有多久没有认真去读书,尘事真是经不起推敲,回头细看,无非是在市井中嬉笑怒骂,收获的只是时间推移。

随意从书架上抽出一本书,洁白封面上只有书和作者的名字,装帧朴素却显得精致,像一句富有意境的诗,在低回吟唱。

书名平仄有度,里面收录了作者的所见所闻和人生感悟,文字清凉光亮,像出产自和田的玉。

这是早年买的书籍,那时没现在如此信息汹涌与故事澎湃,最直接获取故事深意的,只有阅读书籍,所以喜欢书店,左挑右选,花尽口袋里辛苦攒来的零花钱。

多么好,那么简单的选择,没有牵绊与缠绕,只有清亮日光与明澈月华相伴,就像两个相爱的人,相见皆是欢喜。

风扇哗啦啦地翻动着书页,来来回回,不晓得是在印证什么,就这样坐在那里,安静地看,不动,也不言语。

很多时候,话说多了,是种浪费。极少有人能感同身受,再喜欢也会被漠视。不要不开心,因为谁也不欠着谁,一切都因自己愿意。

世上最怕是愿意,你掏心掏肺地给人看,人家更会拒之千里,认为太过炽热,使之害怕。

清亮的午后,邻家的孩子没有弹琴,却有新来的老人在拉二胡,咿呀声长短不一,像在叙述某个故事,断断续续,许是才学会,又或是故意为之。

　　生活一马平川的好是人可以安稳地接纳外界的给予，而波澜起伏或许才是人生命中最灿烂的存在。

　　没有经历苦痛，就不会知道甜蜜的好和谁是这一生最该珍惜的人。

　　不想知道每个人眉眼里的山水是否相同，世上有太多风景，如果说天上每一颗星星都对应着一个人，那么每一帧风景也该对应着一个故事，至于其中深意，不得而知。

　　看一行字，最深切的意义就是相爱、懂得与接纳，所见所遇所散的，都是最好的结果。

　　不由轻轻笑，浩荡的尘世，谁能如此拿捏精准？

　　人看得太明白，会觉得凉。一如读书，看了开头就知道结尾，多么无趣。不是故事不好，而是少了感动和触摸尘世的心。

　　世事明了可以，能够智慧地处置才不会把自己活枯萎。

　　人最鲜亮地活着，是让自己茂密，如果命运不给以所愿，那就在浓郁的念想与努力中安静等待与温良老去。

　　雪小禅说，我喜欢这光阴里的人或者事，滚滚红尘，人讲人缘，物讲物缘，缘来缘去，我已经知道，那属于我的，都将是好光阴，即使悲欣交集，我亦会珍惜。

　　人就要有这样的豁达心，尘世上，没有谁属于谁，能在一起多久是两个人努力的结果，如果一个人因此而苦，另一个人就该慈悲放手，留给彼此最美的记忆与未来。

　　或许人活着的深意便是，明白自身与他人的甜蜜与苦楚，慢慢溶解与分担，成为彼此心中永远不凋落的花，相依着走在光明的路上，轻盈又茂密地活着。

　　合上书，心怀感恩，因为有你，我已不虚此生，你所有给予我的，都必有深意。

　　西窗外，日影西斜，蓝天上，白云悠然。

　　时光多好，风在轻轻地吹。

线索

在一本书里看到一个词——线索。心头有异样浮动。仿佛忽然间抓住了什么，却又觉得它那么远，远到无法看清面目。

端一盏茶出神，想不出人所为何来，这个尘世如此陌生又如此熟悉，我究竟是否来过？

像遇见一个人，明明不曾有过交集，却似曾相识，莫名的熟悉与亲切，让人不得不相信冥冥之中存在天意。

小诺说，前世就是我的今生。这果决的言语里浮动着如烟如缕的光芒。只是谁也不知这些光芒会伸向哪里。

那么，它会否是一个线索，沿着这个脉络探寻下去，我们能看见什么？未来、过去或者自己？

其实，所有的故事都有一个脉络，是为了让它更趋于圆满，或者只为其中某一个人伸展，而参与进来的人大多都是他故事里的陪衬，可惜的是能够早早明白与退出的人极少。

不撞南墙不回头，有时不是勇敢，而是贪心、不舍和过于自信。或者是看不清自己的位置，不懂得疼惜与了解对方的苦楚。

如果两个人被命运与缘分捆绑在一起，任何人都无法以剥离的方式拆散他们。

所有的伤口都是不懂进退取舍和不能洞悉事物本质而留下的，所以不要痛苦与埋怨。

最好的疗伤是对症下药和抛却愚钝的固执。人的明媚与快乐是接纳自己的过错，包括伤痛与忧愁。

少年时喜欢看《福尔摩斯探案集》，一字一句地读，生怕错过某个细节，不能抵达案件的真相。那些丝丝入扣的故事几乎贯穿了我的年少时光。

所以认为线索不仅是案件的命脉，也是前世今生你我相见的理由与缘分。

深信尘世之上有一双明亮的眼睛，我们所有的行为都会被记取下去。我们最终能获得什么样的人生都因此而来。我们所走的路就是未来的线索与种子。

罗大佑唱，轻飘飘的旧时光就这样溜走。好一个轻飘飘，足见他早已明白厚重的不是时光，而是人心。

林清玄说，送你一轮明月，多么好。一个身心明亮的人才能看到尘世的美与别人的好，才能在繁茂的人生中开花结果。

那些我们一直想攀缘而上的目标，一定是一个线索，为了让我们去找到光明与良善。

请相信世界是安静的，以及你我都是安静的，关于我们的生命线索与意义一直漂游其中。

轻轻呼吸。

等到春复归

这是个漫长的冬季,被阴冷浸泡久了,竟然有沉进冬眠的幻觉。

在静寂的午后,去走那条幽闭的石板路,有细小的落雨婆娑如织,拢住了这一方空间,觉着走进了另一个世界。

停在一间庭院落锁的门前,看伸出院外的柳丝以及上面落着的数点鹅黄。恍然想起,这春还是来了。

几只麻雀闲言碎语着飞过,追逐的目光落在墨灰的小瓦上,那些年代久远的瓦片似乎落满了尘间的故事。不想去探究那些故事的来去,相信所有的遇见都有自己的命数,起落都缀着深意。

伸出手去,掌上落了几许雨滴,随它顺着掌的边缘缓慢坠去,感受微凉从掌间浸到心底。

这连续几日的阴雨,让人觉着潮湿是挂在皮肤上的,怎么也无法晾干,却无能为力,便心里恹恹的。

拨开乌云见明月的神力向来不为人所拥有,但总是不能失去观望一树春光的心情。

究竟有多久没有见到阳光和月亮了?那一样的明媚两样的情怀仿佛已沉进了书中。

一直认为自己学会了平和地看待事物种种,可发觉还是做不到。若一枚坚果,被扔在了沸水中,到最后才知道身依旧心非昨。

书上的人说,我们永远也回不去了。是啊!人永远都回不到了最初,所有的一切都在慢慢变化中与之拉开了距离。

在雨势渐起的幕布上,我穿过其中的一条小巷,将静寂抛远。

雨声、雀鸣、柳丝、瓦片、小路在心上慢慢染了墨迹,我把目光投给了一顶明黄的伞。

站在尘光喑哑的街角，身外车水马龙，陡然有重回人间的喜悦。

人过惯了柴米油盐喧嚣吵闹的日子，在好事多磨的心理暗示下日日重叠，若真在某天无意跳了出去，难免有春去春又回的欢喜，可事过境迁后，我们会否质问，自己的春天究竟在哪里呢？

记得看过一部叫《廊桥遗梦》的影片，看着他们遇见、喜欢、相爱以及挥手告别，在影片结束的瞬间，心里涌起无端的惆怅，想，也许他们心中的春天从此沉睡一梦数年，但已无妨，毕竟他们有过春天。

一直都可以看明白一些人和事，但仍会走进一些人和事，也许我还不曾知晓春天的意义所在。

身边的人说，这个冬天有些漫长。私下痴想，如果时光可以在此停下，容我细细张望与回想春天，宁愿如此痛并快乐地存在着。但时光不会为谁停住，所以只能谨小慎微地前行，至于春天几时会来，早已成为天意，写在天空之上，我能在何时洞悉其中含义，则是造化。

其实做一个平凡的人也好，可以欢喜、哀愁、疼痛地活着，或许这样才能体会到生命的存在，才能懂得春天的美好。

雨终于停了，在湿漉漉的街道上快步行走，在红绿灯交替的路口与他人擦身而过，彼此参照同为路人。

初春的凉风若倾城之水，洗得尘世如一座桃园，众生都等在树下张望花开。应该说，所有的等待都会有一个结果，至于两个人的春天是否重叠，还看缘分的多少。

转过另一个街角，回头看天光笼罩下的葱茏世界，水色浮沉，如时间河流中的倒影。世界原来是如此的美好。

看着盛世模样，不由思量，人沉浸在岁月的河中，如果做不成一尾在光影明灭下自由自在的游鱼，做一条随水波律动张望世间种种的水草也是不错的人生，毕竟可以等到春天再次降临，可去慢慢领悟它的含义。

所以，即使是倒影，还是愿意沉在其中等待春天归来，然后接得它的春意。

你说是也不是，珍爱生活的人们！

在秋天的王朝打坐

当天空有大雁飞过时,我知道秋天的王朝已走到了鼎盛,无人可以撼动它的存在,我们只能在它密合无缝的空间里行走,去遇见、离别、慧悟、欢喜,以及其他。

既然走不出去,不如深入其中,若行走在市集,在拥挤的人群和数不清的物品间随心而喜。

这是静寂的十月午后,有明亮的日光,更有木犀暗香流动和安然怒放的菊。我捧一本书,试图在其中找秋天的意义,隐约听见有若风声的字句从其间浮起来,回环袅绕凝合不散。

素净的声响,幽婉深长,好似其中裹了太多的悲悯与爱惜,对你、对我、对他、对世间万物。

触不到你的心,知道你好也欢喜,我闭上眼睛打坐,不为去心里找你,只为获得宁静,容我深爱许我洁白清净。

许我洁白清净是多么美好的心愿,在这滚滚红尘,每走一步都会惹起无数尘埃,有些落在身上,有些落进眼里,有些落入心底,谁能轻易将之挥散片叶不挂实属难得。

我静静地合上书,看着日光停在蓝色的封面上,像看一朵永远不瘦的年华在那里开放般,心底的水流淌向远方,不问去向哪里。

人一生能够拥有的年华屈指可数,在意得太多,会苦了自己也会牵累别人。所以,别把它养得瘦瘦薄薄的,那太愧对生命。

小朵说,我爱他,是我的事情,不问他愿不愿意,他知不知道我都幸福。犹如在时光中打坐,只求在它深处找到繁华静好的自己。

不问他知不知道,这是多么义无反顾的想法,有十分孤绝的勇气与决心，像信仰，无可替代。至于和心爱的人能否获得圆满结局，那还需要在慢慢修行中去找答案。

一直敬佩那些把任何事都当作信仰来实行的人，相信他一定有着坚韧与强大的内心，所以才能在百转千回的世间悠然自如地活着。

有风从窗外来，停在我的身边，其中裹着深浅的凉薄与水声。我轻轻一扬手，像抛起一腕水袖般，坐在秋天的王朝里演唱自我的空城计。

没有羽扇，没有兵马，也没有观众，我坐在内心的城头，看日光下，村庄相连、长路向天、盛世绵延、鸟雀欢娱、人声软语，心底似乎有绝境生出幽兰般的安静。

世间人一旦失去了向善向美的心，就等于失去了生的信念，像一朵没有养分的花，注定无法盛开。

越不过心的疆界，就无法抵达真善美的殿堂。想有获得，只有修炼自己的心，那样才能在生命中找到内在丰沛圆润的自己。

日光依旧停在蓝色封面上，我触摸那似有年华开放的地方，有温暖与花香从指尖传向心底。

我轻轻闭上眼睛，在秋天的王朝打坐，去往事里找回丢失在其中的清澈的种子，然后种在土里，待到秋去春来，看它丰茂成林。

有谁共鸣

天光终于亮起来，入了秋后，空气中有了些许清洌，浮在脸上，摩挲中将人唤醒。

若能把这个早晨折叠成船，却不知该放在哪一条河中。这世上，每一条河流都不平静，都有属于自己的心事，不知要说于谁听。一条纸船，怎能承载那么多的感情？

唱机里播放着张国荣的歌，宛如他坐在一处静静诉说。干净的声音中飘散着丝丝缕缕的无奈与茫然，悲伤而又华丽。

每次听他的歌，都会觉得他太累了也太想倾诉，可茫茫尘世，谁来与他共鸣？只是，不知道他想过没有，或许他要的，谁也无法抵达。

当心里的温暖烧成灰烬，只有冷在那里结一树冰凌，只能等春天来临。季节的春天好等，爱的春天未必人人都能等到。

看空空的沙发，哪有他的影子，却明明能感觉到他在那里微笑，嘴角上还缀着一调三叹的风华。

追缅一个人，到了最深，会否真会与他相见？若真见了，又该说什么，或者可以说什么？

早年听他的歌，后来看他的电影，知道他努力地把每件事做到极致，只因心太纯净，受不得一点的污染。

一个人的心拥有了太多的风华，外人无法懂得。有时，太过坚持难道也是一种过？

"从前是天真不冷静，爱自由或会忘形，明白是得失总有定。"世上事，向来是说得轻巧做起来难。曲子可以明澈，但若心染了尘埃，风几时才能将之吹尽？

我知道一个人寂静地爱着另一个人，明明抱着指望，却又有死了心般的疼痛。不再要回应，一切都是自己的事情，可以歌唱、演戏或者落泪。

繁华的舞台向来是给驾驭者的，可当一个人无法看见所爱之人的掌声，便会觉得索然无味，不如自己沉醉。

我想，他心里一直都有她，一刻都不曾离开过，只是他不再去惊动她。对她最深的寂静，也是一份勇气与坚韧。只是没人喝彩，更无法说与人听。

有时候，人所渴望的共鸣，只要一个声响，就在那人身上。至于能不能得到，或许是命。

在厦门琴岛的一座教堂前，挂着一块"爱的箴言"的匾，上面有一个句子："爱是永不止息。"看后才明白，他不停在歌里戏里把声色放进自己，无非是要告诉人，只要他愿意，做谁都可以。

真的做谁都可以吗？没有尘世的温暖与掌声，独角戏会否只是没有共鸣与观众的啜泣？再华美，也不过是一纸《石头记》。

其实，愿意与做的距离有时太远，常让俗子的单薄身躯无法两分。背离意愿的沉沦，他做不到，宁愿自己去飞，也不愿深入其中。

或许飞翔后，那个下坠的瞬间，人生不过如此，一切都是翅膀下的风，无非是想让人飞得更高，想要的共鸣，也不过是一句相爱的话，或者眼神，至于能否长久，那才是一个人的事情。

再过两天就是哥哥冥寿，在他自我救赎与解脱的多年后，我再次将他所有的歌听了一遍，居然喜欢上了这首，便以这首歌为名写文当作向哥哥问好。

死者已死，生者当欢时就别错过。每个人早晚都会被时间淹没，能有欢娱的日子就是生的幸福与美好，请且行且珍惜。

"风也清，晚空中我问句星，夜阑静，问有谁共鸣。"唱机里他还在娓娓而诉，只是我已将这初秋的风捉在手上然后放了出去。

看着窗外，日光渐渐燃起，天空无比空明，昨日的雨早已散去，好似不曾来过，时光如此安静，我微笑着把你想起。

把日子过成一朵花

在山间看一片野花,茂密而又烂漫,清雅的香味淡若浮光。

就这样如见故人般静静地看着,心里充满了喜悦,忘记身外是滚滚的尘世和永不停息的时光。

山名换作丰山,林木葱郁,怪石嶙峋。有悬崖,望而生畏,有鸟鸣,清越如歌。小路崎岖,像系在其腰间的飘带,风动欲飞。

喜欢这样的外出,如同在最好的时光遇见最对的人,每一份好,都是光阴的赐予。

从不认为人所经历的苦痛是场磨难,相信只有经过寻觅与排除,才能找到属于自己的美。

沿着山道一路向上,风声与虫吟像是在助威。现在极少进行 10 公里以上的行走,不是时间问题,而是因为懒惰。

一个人把自己想做的事坚持到底是种美德,包括弹琴、画画、写字以及健身等有益身心健康的种种。

曾一度对音乐产生过兴趣,希望能写出美好的歌,学习过一段时间后不了了之。大约性情中有容易放弃的基因,对很多事无法坚持到底,从而错过许多机遇。

一如爱人,两个人若是相爱,就好好爱,人一生能够存在的时光短暂,没有多少时间可以浪费。

所有的外在都是表象的,只有自己才知道谁最适合,与谁最契合。

穿过一片林木,如同穿过一条长长的通道,前方的明亮有呼唤的魔力。

站在树荫的最深处,看路的前端,仿佛看见了日子的背影,素白的长衣飘飘如舞。

并不是幻觉。书上说，人之所以没有把日子过好，是走在了它的后面。弄不清日子的真实面目，就不会把它过成一朵花。

这世上后知后觉的人总是很多，我在其列。其实，事后明白改了也好，但人最怕的是知错不改。

以挥汗如雨的姿态抵达山顶，在风中望向城市，错落的楼层彰显着盛世的繁华。

不由感叹，曾几何时，古朴的小城有了现在的模样，除了自然的力量，人的智慧大约也是这世上仿若奇迹的存在。

喜欢那些有信仰与创造力的人，是他们在引领着人类向着最好的地方行进。

坐在山石之上，怀着感恩的心向远方微笑。

远方，会不会是那一个个日子的叠加？我能否植入知错能改的种子，用心经营，希望它们有一天能开出绚烂的花来？

用敬意的心，听山林中寺院传出的梵音，纳入心底洗涤杂念，在空明、灿烂、悠长的声响中，仿如看见属于自己的时间与空间在延长和扩展。

这是美好的感觉，如同在日子里，终于看见所等的那个人翩翩而来，面如桃花。

约定

居住的小城，街道纵横交错，有些像人间的际遇，平行或者相交，各安天命般存在，每次行走其中，总有赴约而来的错觉。

想不出究竟和谁有过约定，到这里为了和他说一段书、听一场戏、看一树花开，或者关于命运的种种？

如果说人真可以在时光中轮回，我在那一段光阴中究竟有过怎样的故事，到这里是否为了与某人故地重游？

在一本书里看过一个句子：故事本身没有结局，到了最后，也不能说它没有未来，所有的结果都是浮沉的诗，给懂的人看。

如此说，未来一定是一个故事或者命运的延伸，像一朵蓓蕾终于等来了花期，在日子里徐徐盛放，想要多艳就有多艳，茂盛芬芳又婉转明亮。

私下觉得每一个日子都是艳丽的，需要用心去挖掘它的意义所在。所以，从不怨愤，相信存在就是一种美丽、是一份生与生的约定，等到某天一定会开花结果。

开花结果，也是一种约定——我不负卿，卿不负我，若要分离，待到花好月圆一曲终了。

待到花好月圆，谁还愿意说分离？这其中裹着爱的霸道和决绝。就像一对深爱的人面对面站着，四目相对，即使风声鹤唳，就看你能不能说出口，只要说，就有心碎的声响。

世间有万千的声响，最喜欢的声响还是寺院里清亮的钟声，一度怀疑它也是翻越千山万水而来的，到这里是为了在佛前静思，以求获得更为轻盈的未来。

有段时光，喜欢去城外的寺院，坐在佛堂前的石桥上，在心里把往事整理成册，然后束之高阁。身边总有清凉的风叠叠不散，吹动了池子里一朵朵盛开的莲，还有散落开来的诵经的声音以及想念。

坐久了，会不知觉地顺着阳光去看佛的脸，隐约听见清越的声响从佛静默的微笑中飞出来，像一只只蹁跹的蝴蝶，到尘世去赴一场生死不散的约会。

越过无数飘舞的光线，我静静地看着佛，想读懂他微笑的深意，却被突然响起的木鱼声惊退。蓦然明白，执着于真相最终会被真相的枝叶掩埋。

过分追索答案和真相，犹如坐在城头看晚霞，暮声会逐渐把它带去夜的深处，不得法的固执是一种生命的浪费。所以，不太在意故事的结局，认为故事如同山水画，留一分白给自己，已经足够。

每个人都有自己的故事，如何发展开来最好顺其自然。每一个对生有益的际遇都需要用心经营，没有谁注定是谁的。就像没有人能拒绝生命的抵达与衰落，在清凉的书中，所有生命的方向最终都会归于一处无法改变。至于散落在故事中的其他众生，也必然会与自己约定的人或物走去另一个故事无可回避。

在日光明亮的窗前，看着外面烟色笼罩的城市，眼前仿佛有散碎的时光纷纷扬扬，像一片细雨落在江南的湖上，一下子想起，这已经是十月之末，距离一场雪已经是那么的近了。

距离我近的还有什么？一个称谓、一个人、一段话、一条路、一行字、一处风景，或者还有其他，也许这些都是早已与我约定好的，只为证明我的存在、想念、言语、路程、故事等等。

任何一个有韵味和旋律的人，都该是在时光中与前生约定好的，为了让那个人能找到自己。

或许，这世上，爱情、诺言、奇迹、梦想皆是时光中的一种约定，是为了证明我们的来到和找寻，只要为之努力践行，就可抵达。

所以，喜欢这般愉快勇敢地活着，努力忘记曾经不好的过去，只为不辜负那些存在生命里的约定，因为在时光的注视下，我们都在慢慢老去。

夕阳西下，一只鸟掠过天空，飞向约定的地方。

草意木情

去郊外。骑着许久不用的单车。耳上落着尘世转换的声响。

阳光若一面明黄的锦随风飘动,山水物事若绣在其上,生机盎然。

路边,草在安静听风,一朵野菊花微笑着生在其间。桥边的槐树好似正在做梦,只是没人知道它在梦境中遇见了谁。

在一片草地上落座。细碎的光影四下散落。无人喝彩的寂静像流水叮咚有声。

这是秋天的午后,春天早已走远。草的绿意不再是诗,更像纳兰的词。

有时会认为这些陌上草,就是顶着明媚月光漫步的女子,悠然间走绿了两岸山川。至于身后烟尘,想落哪里、会落哪里,不关卿事。

我喜欢这种意象里生的洒脱。不能左右的,不如任其飞舞。烟花青鸟各自一方。

我兀自躺下。阳光正好。干净的天空无人落墨。青草的味道丝丝缕缕,飘摇间被天地淹没,无迹可寻。

有人说,人非草木,孰能无情。

私下不赞同这种说法,愿意相信存在尘世的生物都会有自己的思想和感情,草木亦然。

有一句歌词,"你不是我,怎知我痛。"是啊,你不是我,怎会知道我的境遇与理想?

不喜欢无端的说法,没有支点的断论就像断去翅膀的蝴蝶,用最残忍的方式斩断了他人的生机。

这世上最恶毒的语言不是辱骂,而是对他人的定论。

如果可以，我愿意做一棵草，在季节中生死轮回，坚韧执着地等待，慢慢去理解生的深意。

假如还能遇见，我希望在她身边倾吐所有心声，用自己的全数时光去体会其中美意。

如果我真是草的转世，我就不再奢望长成大树。你有你的风姿，我有我的柔美。各自情意，各自体味。

一直认为，不切实际的梦想就像生在水里的鱼渴望成为飞在天空的鸟，徒自忧伤。它不曾知道，也许鸟也有想过做一条鱼，在水底安静沉睡。

所有的存在都不是偶然，如果不去努力，谁也不会迎来晴朗的明天。纵有奇迹，也是烟花。

我捧着一掌宁静，看平仄天地。风景如画，浓淡相宜。

河边的杨柳黄了发梢，用寂寞的眼神看着我。如若它是女子，会否也像尘世女子一般多情？没有灵犀相通，我读不出一株树的心思。但我相信在它内心深处一定藏着某种情意，所以才只身留在季节中，只为将守候等成神话。

夕阳西斜，映照着如缕流年。风声素净，暮色起身。

在一片苍黄中，草尖与风嬉戏，树叶从容落地。有谁在意时光的过去？

忽然想起一本书中的句子：我哪有时间老去，你在看着时间那就随之老去吧。

这么一个执着于生的勤奋、情的深入、意的长久的人，他的心该有多善多纯多豁达啊！怎生不让人尊敬与羡慕？！

喜欢这样的禅意，于无间中将生的美好渲染得淋漓尽致，染得草意木情更有风姿。

在这美好世界，我心生欢喜。

想念如果会有声音

夏蝉的唱声落在秋菊上,无人看出,风一动便染了秋的颜彩。清亮的鸽哨划破天空,漏下诸多清凉以及无人看见的篇章。

时光在指上静默不语,从它深处传来的水声像绵绵不去的相思,不知乱了多少人的心神。浮生犹如倒影,生死被光阴折射成一塘荷花,只是喝彩的人寥寥无几。

人间总是太忙。忙着经历、想念或者忘记。连窗台上的绿萝,在日影里也别有深意地化了半面容妆。

一杯茶在桌上不动声色地冷去。书在风中繁育故事,以及设局。似曾相识的阳光落在地上,黄了心的眉眼。我坐在静处,陡然将你想起。

究竟我用了多少年华去学习忘记,才将对你执意拥有的妄念割舍了去?不是不再爱,而是将爱放在了与你同在的地方。

简嫃说,人得赤心也得老成,赤心是为了与宇宙抵足而眠,老成是为了看透分辨这世态炎凉人情冷暖。

不曾想过要与宇宙同在,只愿能和你平行相望互祝平安,安稳度过这一世就好。至于后来的后来,能否相互记得不去奢望。

如果想念会有声音,究竟是春雨、夏花、秋实还是冬雪?天空不予回声,大地保持缄默,连风也只是咧着嘴傻笑,没有谁愿意给出准确答案。

清冽的日子像位素衣少年,能够与之同行的除了想念之外,已无其他。我站在窗前,听尘世转换的声响,用心去搜寻想念的声音。

少年的时光像潮水,带着海的声息潜行而至,将我淹没在往事中,还有一些关于你的记忆。

筋骨相缠的往事总以自己的方式宣读着它的芬芳，明亮的柔情在我心中灿烂，我终于知道所要寻找的声音，不过是你一句只有我懂的耳语罢了。

借来明媚的阳光，编一个花冠。将星星捻成指环，然后送你。抛却承诺与誓言，只要相爱，不在教堂，不在佛前。

当时光过去，我们谁也无法回到从前，如果能够保有一份想念，即使是个伤口，我也愿从旧事的倒影中捞起湿淋淋的它，坐在光阴中慢慢晾干。

有人说，一个人要多勇敢，才能念念不忘？

究竟是你在我的生命里下了蛊，还是我把关于你的想念握得太紧了？不承认自己勇敢，但总能听见想念的声响在心窗随风呢喃。

其实，在尘世这面镜子上，我们都是重复别人步履的俗人，早晚都要沉进镜中。只是不知在那波光潋滟的镜中，我的想念你会否一直听见。

第七卷 把时光温成一壶酒

此情无计可消除

> 红藕香残玉簟秋。轻解罗裳,独上兰舟。云中谁寄锦书来?雁字回时,月满西楼。
>
> 花自飘零水自流,一种相思,两处闲愁。此情无计可消除,才下眉头,却上心头。
>
> ——《一剪梅》李清照

荷塘中兀自开放的荷花像抹了胭脂,颜面透亮粉红,令人倾羡。还有那细碎花香更为悠远,即使风过也有余味袅袅。

这像极了尘世中那些痴情缠绕的光阴,回想过去,自会忍不住眉眼生烟。

风色与光影交错,水痕若镜纹让那一塘水更显幽深。

有一束光穿过窗来,落在玉枕上后已无力再去温暖那一席的凉意,森然若绣着翠竹已老去的水袖。

蓦然发现,在不知觉中,这秋已潜行而至,而我的心还停留在与你的时光中,不知回返。

日光安静,像朵正在禅悟的花,在尘世之上安然盛放。有对不知名的鸟在远处嬉戏,我追逐着它们的身影,不愿转睛。

风无端地撩起我的罗裙,轻薄的丝纱像云烟往事在视线之处呢喃,仿如你轻柔的笑声,让我心神荡漾。只是地上落寞的影子告诉我你在远方。

那些赌书泼茶游园泛舟的时光,我总也挥之不去,就算现在我脱了彩衣绾了长发独坐在这一叶小舟上又如何?心底涌来的清愁并不比这悠悠流水逊色。

看花花不似，看水水黄昏，这讨厌的相思总让人心神不安无着落处。

禁不住望那长空，你可曾托书于大雁寄来你的思念？

只是那白云深处，翻飞舒卷的情节里，我或许只是前世的一个倒影，在把那些清亮的流年翻阅，寻得今生情聚缘散的证据。

一阵风过，一片梧桐的叶子飘摇而下回归了大地，是否神早已在上面落了墨迹，寄予其某些禅机？

你写的词还在桌上，你写的诗还在桌上，独独少了你的信。

斜阳外，天空浩渺像大海，我在此岸静静将你张望。任涛走云飞，花开花谢，只愿今生不悔。

只是待带那一行行雁字归时，在月色浸满的西楼上，我披一袭月光怎生不想你念你？

其实，我知道这纷扰的尘世，没有所谓的完满。就像谁也挽留不住花的凋谢水的东流，任你千般本事，在时光面前，也不过是一朵瘦了的落花，终会零落成泥。

自从你走后，我捻指细数，却总也无法将那关于你的念珠数清。这离别的相思，你与我，定是各自握了一掌愁绪，抛之不开挥之不去。

这年华、境遇、情爱、离别遍布的红尘啊！我几时能越得过去，最终与你不离不弃地相守到老，想想都觉得渺茫无期。

可我还是愿意这样想着你，欢喜与忧伤地度过这散碎的时光。纵使尘世浮尘如雪，我也能走出一条关于你的路来。

不知从何时起，我竟然变得如此哀婉憔悴。昔日如春鸟的我，似乎越过了夏季就苍老成一树寒霜，冷了眉眼肥了年华。

只是这欲罢不能的柔软心事，渐渐茂密渐渐缠绕，最终成了我词中的语句。

一直都是一个不计时光长短的人，但现在却无计忘却这恼人的相思。睁着眼睛，到处都有你的身影。闭上眼睛，你又在心头微笑举杯。

实在受不了这种折磨啊，只是这思念刚刚从微蹙的眉间消失，又在心头氤氲荡漾。

你说，我如何能忘了这情的繁华？

七月水声

七月年年不同。连燕瘦环肥的黄昏,都在时光的水声中逐渐老去。

我站在水汽弥漫的河边,看一川烟雨。没有鸟鸣的山谷寂寂无声。

在翠色湿润的天地中畅快均匀地呼吸。没有平仄的念想,如树叶般碧绿。

天长水远的年少、日日不去的忧愁被风吹落,老成石上的苔藓,在尘光中打坐。

从山林的一端飘来清越钟声。碎开来的寂静像花开的镜子,影像叠叠重重。

等一种心情,在暮色未曾来临前我愿把它写成诗,放入心底。

水声潺潺。在七月还不曾离开前,它已被细雨研磨成诗。

在时光的动静里,前世今生都似带着水声的诗,让所有人在经历中欢喜悲伤慧悟生死。

在尘世的画卷上,所有的生灵似乎只能是景物,走笔风烟后,终要在某刻沉寂。

所以说,每个人都有自己不为人知的悲欢。就像窗外的雨,谁也不知它在为谁飘舞在为谁哭泣。

能够遇见已经足够幸运,不要相互折磨祈望永远。因为所有的感情都会被时光漂白,让人误解为平淡。

这个一如重叠的午后,细细的梅雨,早已将江南打湿,连同路人的衣衫。

在雨声慢慢的窗前,安静地读一卷书。字在欢呼,潮湿的空间有隐约的回响。

我恍若站在一望无际的水边,耳旁水声明亮。

布衣上疲倦的皱纹正在枯黄,伞尖上的雨滴还在恋恋不舍。我微笑着穿过人声鼎沸的街市。

喜欢这样无哀无怨地活着,心里时时有着小欢喜。一个的眼神,一段温暖的话语。或者对某个人的思念。

不愿意去打扰别人的安静。更不起怨恨的心。不能理解禅意,做一个听禅的人也好。

有人说,所有的哀怨都来自心的错觉,起因是不曾看清得失爱恨的真假面目。

仔细想想,谁若有这样一颗玲珑心,看清了世间的所有悲喜爱恨,恐怕也会失去生的乐趣。

没有疼痛,怎会知道健康的好。没有爱过,就不会知道心在何处。一切只有经历了,才明白因果由来。

在这个充满水声的七月,我将轻轻的欢喜放在字中,慢慢婉约慢慢回味。

一籁之声

用心做耳,去听万籁之声。所有的静寂都是假象。

活在尘世的一处,无法获得想要的,努力后就不必怨恨消沉。不要以为所有的追求都是对的。错的追求到最后伤的是自己。

不是相信命运,是相信所有的声响来自不同质地的窍穴与心灵。有些错过或许是对自己质地的误判。

一直怀疑怀才不遇的苦,认为真正的才必然是有所为,为所用的。错过只因为自己不曾懂得运用和缺乏对心志的理解。

拥有融会贯通的智慧不为所有人得到,但能独发一言,清唱真义也需要勇气。

没有走出自己的勇气,难免错过喜欢的风景以及难以听见美妙的玄音。

欢喜停在一处专心寻觅聆听一种声响,然后转换。会让自己知道世界万物的不同和属性差别。

其实,所有的声响都是独立的个体,精灵一般活在自己的世界。再阔大的尘世也无法将其淹没。

喜欢在春天的山谷拾拣声响,带着清凉的音色比花更迷人。

不愿去嘈杂的地方见一个人。认为最美好的邂逅应该是无声地懂得。

有些声响会让人迷失,叫喊、呻吟、哭闹、打骂等都来自一腔,无法让人共鸣。

经过锤炼的声响容易让人沉浸,在于它被赋予了某种使命。直指人性的吟唱必然带着生命的旨意。

原野中奔跑、追逐、嬉戏、呼啸、飞掠同样被局限于不同生物。

虎豹狮熊、鹰鸽雁雀、花草叶果各有语言，不为他人精通。这就是世界的妙处所在，所有都是相同的则让人倦怠。

不同生的轨迹或平行或相交，多让人沉醉，需要用心经历聆听辨别。

一个人想拥有灵性，只有玲珑心还不够，更需要时光让其有一窍解纳世界万声的能力。

天涯的姿态不是两个人的误解，而是心声被平淡掩盖。在以为被复制的日子前，产生的声音是不相同的，千万别忽视它的存在。

没有共鸣的心灵需要唤醒。到最后，很多人还是把爱情经营成惯性的亲情。

愿意假设每种声响都有一个力点，支撑某些生发的缘由。至于被忽略、误解，或者其他则是倾听者的智慧。

所以相信在无声处，会有一个声音的支点被技巧地转移。因为面对的人不同，有些话没有必要说。

说了不懂，不如不说。

不去揣度日月交替的音色，夜裳的衣角一直缀着时光碰撞的声响。

想做一个倾听者，在亲人、朋友、同事、书本、植物、世界面前，用自己的一籁容纳理解，然后用文字表达。

然后在光阴中安静自己，不怨恨不阴郁，让心的天空永远晴朗，坐在任意处，听为生而欢喜的时光之歌。

面生微笑。

浮生岂得长年少

微凉月色，似寂静冬夜的一件薄明风衣，在尘世间轻舞飞扬。夜色浓淡相宜。有隐约的犬吠和浅浅的风声。这是似曾相识的时光，许在若干个年华里都曾与我相遇，只是我一直未能看透其各自的意义。

行走在长长的巷子中，深浅的足音寂寞得像被人遗忘在世间的孩子，自语中有隐约的委屈。路边的冬青似在沉思，我蹑足而过，唯恐惊扰了它们的清梦。这一季的光华已消隐而退，早被冬天折叠成一张信笺，邮往了天国。

年华渐老，浮生若梦。为生而走过的场景终又黄了颜色淡了声息。我在抵达家门前，不由轻轻一叹。不为流年的迅疾，只为生的细枝末节在日渐冷去。

把旧年的种种细数，并无多少值得记录的事。很多东西好似只是一转眼，就如尘散开，再也无法收拢。

时光不断增减，浮生动荡中，我有迷失方向的错觉。一如在某个年少的黄昏，再也无法从山林中走出，只在寺院跌宕的钟声中等待指引。

在镜子中，看发间雪的痕迹，不曾心惊。既然生命无法永生，不如潇洒地任其茂密枯萎。

如果真存在来生，我宁愿忘记今生种种。浮生若梦不能长年少，又何苦在他生再相遇！？那些冷暖如诗的往事，就让它在江南烟雨中失散成一柳柔烟渐黄渐绿，最好叶尖还滴着晶莹水滴。

落下的何止今生，还有往生的疼痛与诺言、爱恨与解脱。莽莽尘世，我若能坐在一席之地上如此静忆此生，该有多美好！

窗外，冬雨开始飘零，有几点落在玻璃上恋恋不舍地张望。

情感一直都是需要用时光来丈量的。平淡总是从心渐渐冷去时开始的。

遇见已如花般枯萎，之间兴起的温暖也失了重心摇摇欲坠。那些美好的梦想与现实终于不再对峙，被光阴远远抛开。

我在一杯茶中品味苦涩，顺着滋味的方向细看浮生。越看越糊涂，越看越心惊。一切都在转换中老去。包括爱情。

往事中，那作画的单衣少年顶着朝阳写生的场景，已被卷成画轴束之高阁，成为天涯。

于是，咫尺就成了浮生中的念想，像莲花，在水色中已倒影成风景。

而我只能沿着生之路途慢慢采风，向菩提树下靠近，争取在日落前坐在那里听风羽飞过天空的声响，而心生欢喜。

即使尘土在落下，一切在老去，青春散失又何妨，我自安然听风雨。

与年少的友人在"红灯记"喝酒。窗外，影子和灯火在冷风中纠缠不清。

有琴声传来，声音中裹着厌倦。让我无端想起戈壁的落日来。

自从过了青葱年少，便觉时光如飞，恨不能得一柄神斧，斩断光阴，让自己停在这一端悠然自得中看天外云雨烟霞。

这滚滚尘世如大浪淘沙，谁真能一苇渡江，不过是人间的一个传说罢了。追逐传说的人大多是极具理想主义的人，在残缺中寻求完美也不失为一种豁达。

我极为仰慕活得舒展自如的人。他们不为外在的苦难所动，从容直面人生，好似一切外在的因果都在其料想之中，心中存有无可撼动的宁静。

这是一种境界，有些是天生得来的，有些则是在诸多的经历中修炼得到的。我不羡慕天生的智慧，但对在苦难中获得智慧的人心生敬意。

但愿我们都能如此活着，不问浮生中时光的长久与短暂。

三月骊歌

在烟花三月不曾转身前，我裹一身春寒在山寺门前拾得钟声。没有风声的山林更显深邃，不知谁解其中风情。

阳光若尘世的霓裳无风自舞，却惊不动山峦的清梦。池塘中的莲叶兀自碧绿，似要将身外的流光碎影全数忘却。

我坐在寺院大殿前的石桥上，看善男信女反复折叠手上的梦向佛寻求其中禅机。佛低眉不语，只有鸟声在古刹上跳跃。

这热闹的春之花花绿绿犹如伏笔，但只有越过后才知晓最终答案，所以在这安静的午后，我轻轻将漠漠春寒纳入肌肤。

期待一场烟雨，将那些无关痛痒的华丽洗去，让黑白更见分明。

幻想能在时光之河中沉浮，永远不去两岸，在清越水声中化身成鱼。不问生死。浮见天空，沉见自己。

云影风声含有深意，所有的悲欢离合皆是定数，愿都在我心里渐渐微凉成蕨类根茎，任它自生自灭。

把曾在心中燃生的温暖，在还没被变质的誓言淹没前，束之书页，不再放逐。因为心还存留爱的潜流，渴望与你的潜流在某个春天遇见，汇流成江奔赴大海。

如果时光可以倒退或者静止。我愿意次第涂改其中感受，安静地看着情与爱的烟花起起落落。还有你。

然后坐在月色下，细细思量其间对错，不悔不喜。任一地影子寂寞成灰。

喜欢沉浸在夜的世界，在无边的幕布前，褪去戏装为自己演出。即使沉沦如鬼魅，也因心还渴望而飞翔。

这动荡的世间，有些人喜欢在失去后去找拥有时的美好。可当所有的不舍归于往事后，又望之兴叹，但因无可挽回，便生了哀生了怨，甚至生了恨。

于是，记忆成了过去的主宰，裹藏着自己的偏狭。于是，衍生出一些伤痛一些苦难。于是，沉湎成了一方镜子，印着面面憔悴。有何用？

愿意拥着华丽的梦境沉睡，即便醒来后一无所记又何妨？就像这三月的最后，谁还记得月初时，桃花的歌唱？！

所有的梵唱都是给有心人的。但不是所有的三月都烟花烂漫。这是你说的，只是写在一袭背影上。

在离别上，我宁愿是那一廊画前的风，不解其中风情。

怀念年少时的烂漫，无忧无愁。如那一株向日葵，阳光灿若信仰，照着一生的明亮。

可摇曳多姿的年华在悄悄隐退，连窗外的苦楝树都老得不再相识，更别说那些细碎的紫花。

其实，生老病死，缘聚缘散，都不过是经书上的一页含义，终要翻过。任你如何惦记与不舍，都将各自天涯。

梁继璋说，请好好珍惜共聚的时光，下辈子，无论爱与不爱，都不会再见。

我站在窗前，对着深邃星空，想，愿你在这流离颠沛的流年中一切都好，我心的江湖永远有你。

花已在缤纷飘散，这三月的骊歌谁又填了新词？

回首处，我依稀望见四月的容颜。

把时光温成一壶酒

阳光若诗,写满生机。山抹微云,秋色蓬勃。

我一边行走在石径上,一边弹拨自己的足音。这是幽静的午后,也是浮生的一角,伴有秋虫叽叽。

风声浅淡,林木浓郁,这偌大的山林好似书上的一处伏笔。圈点是别人的事情,我只愿沉在其中,物我无双、悲欢两忘。

路边草丛间的野菊花,这里一朵那里一簇,烂漫肆意,像画者随意洒落的明黄颜彩,生着妙意。

极为喜欢这些山谷中的野菊花,与它们有恍如隔世的错觉。每一年遇见,都让我觉得我们有过生死相依的时光,只是想不起那是何年何月,我又是谁。

那一年,它是否把自身的颜彩全数给了我,让我们烟雨两清,素色独行?

时光寻常,旧香不在。林深处,一片繁华鸟鸣。

既然听不懂鸟语、看不明过往,不如素行在这幽静山路,不问其他。

石上,从叶间落下的斑驳光影,像神遗落在尘世的一枚枚铜钱,虽断了丝线但熠熠生辉,若一个个拣不起拾不得的禅机。

山风徐徐,若某年从哪一个人口上丢落的长歌短句。

这是似曾相识的时光,一川嫣红,犹如故人。

从不认为生命平静一色,红尘若纸,墨由心生,笔锋自神。

走马江湖,路上的所有也许都是故知。相信苍黄、翠色、石子、草木皆有情意,也许是唤醒我们曾识的印记。

沧浪浮生,恰逢花开的概率能有多少,谁又能知道那一瓣花一片叶不是载我们过江的船呢？

看不破花落花中、水浮水上的玄机无所谓，但请相信，这些美好上，必定都刻着生命的旨意。

不认为时光是寒冷的，如果心中没有阳光，在哪里都是阴天。不喜欢画地为牢，更不喜欢折翅忘天。

愿意相信有些风景与相遇，如若不是印证往事，那必是久远的约定。就像一些人、一些景、一些物与你初次相遇，却让你有奇异的熟悉与温暖。

美丽的不是故事，也许是等待。如果结局一目了然，生为何欢，死又何苦？

有人说，孤单与我无关，我一直在忙着找你，哪有时间顾及其他。这带着决绝的念想，动人若花。

一个用心追梦的人，即使不能抵达梦境，自有月色缀满衣裳，照亮他生的心。

有时爱到了骨髓，就会将其他尽数忘记。欣赏这种旁若无人的努力与争取，对一切苦难都不在意，向着理想前进。但更欣赏，得了喜，不得也喜的豁达与洒脱。

有寺院的钟声越空抵达，站在我的面前，背后仿若有佛的眼神流转生姿。

有时，会觉得生命中的某些诡异与惊艳的瞬间就是佛的眼神，让你不得不为生的幽深感叹与向往。

不曾想过华衣盛行。一个人拥有一段行走林间的闲暇时光，也是幸事。不曾以为别人没有痛楚，明白大多数人都有这样那样的不安与失意。

喜欢在经历中慧悟，努力把落在内心的郁气还于苍黄尘世。

喜欢对生有益的过往，在不伤害任何人的情况下，我愿意书写这一路的风景与心情，若是断章，其中也有我心中不息的生意。

如果可以，我愿把时光温成一壶酒，慢品细酌，直至沉醉。

山山红

对另外季节的抵达都可能没有知觉，我唯独对冬季的来临心存畏惧，渗透到骨子里的冷，犹如从血脉中将深爱的人生生剥离而出，眼睁睁地望着，却无能为力。

其实，冷，并不可怕，就像有人说，冬天来了春天还会远吗？大约还是惧怕了时光的迅疾与心的伤痛以及错失的无可挽回吧？！

在一辆去乡村的汽车上，有午后的阳光照进来，明亮的光线素净美好四下飘散，给颠簸的车程平添了几许句子样的色彩。

路边的风景铺陈在静静的原野上，好似忘记醒来，沉睡在梦的深处，只任身外衣衫的颜色一换再换。

我远远看着车窗外那一株有些年月的树，以及树上的鸟窝和跳跃在枝丫上不知名的鸟，依稀看见自己的少年时光洒在其间般心里涌起温暖。

在这尘世，是否每个人都是神放飞在其间的鸟，生在不同的树上，飞在属于自己的命里，不论安身的巢是否风雨飘摇都会是盛宴后的归处。

有群麻雀喧闹着飞过整片的麦田，似乎并没有惊醒梦，葱郁的麦苗像生在画上的绿，正向着春天流淌而去。不问身外冷暖，我自茂密，即使路过，也是丰美记忆。

在一个唤作"烟陈"的小站下了车。极为喜欢这个名字。连烟都可以在这里停住直到陈旧，还有什么话不能说明白，或者还有什么不能用心去面对的呢？

这世上，若真有一个地方可以停留往事，又会有多少人愿意去那里找当时的自己或者曾经深爱的人？

当一切成为往事，那些曾穿越过自己生命的人，会否从此颜色暗淡不再在心里光鲜依旧？

若是真爱，想来无论经过多少岁月，那个人都会是心上的灿烂，一经想起，会让两个人亮起来。

朋友满面笑容，站在一片风里，若将心中的少年放出来般喜悦。不用说话，只相视一笑，也如喝了酒，心浮醉意。

难得一见的喜鹊不知从哪里飞了来，在屋顶上叽叽喳喳地叫着，像在为我们的相聚欢呼。如果可以，我愿意相信，它不是仅仅路过这里，而是专程前来为我们庆祝成长与存在的。

一路闲谈着到了他家门前，门楣上还贴着旧岁的春联，淡了颜色的红纸上字迹苍劲，好似全然不曾在意日子已经旧了去。

走进乡间的小院，墙上挂满了一串串红色的辣椒和黄色的玉米。两只小狗追逐在脚下，角落里一只母鸡带着它的儿女们慢悠悠地走着。

小艾曾说，日子一直丰盈，如果用心，就能接住从其中流出的生的美味汁液。

其实，不是所有人都能看到日子丰盈的，能够安然存在的人，不仅仅需要一颗发掘生活美好的心，还要懂得如何从心里拿出琉璃的杯子去盛取美味。

与朋友在崎岖的山路上行走，一起回忆着少年时光，路上虽不再有那时的欢笑，但风声一定是那一年的，因为我能闻见从彼时飘过来的尘香。

路边丛生的荆棘还未长高，依旧个性张扬蓬勃茂密，只是曾经的幼小树苗，此时至少已有五人之高。

想起一本书上说，只有拥有努力向上的心才能长成大树，无端的个性是杂生的荆棘只会刺痛记忆。

在即将接近山顶时，我停在一蓬低矮植物前，轻声欢呼，一枚枚红艳艳的果实像深了颜色的胭脂球，亮了我的眼睛。

它们曾是少年时我们翻山越岭找寻的美味，虽然有一个很乡土的名字——山山红，但却是我们眼里生在大山身上的一颗颗朱砂，美了红了整整一座山。

山山红，我轻轻地对朋友说，像遇见故人般看着它们，不忍心去碰触。

如果是故人，它会否是我心上慕恋的女子，它的红正是她的娇羞，虽身在杂乱尘世，却能守着属于自己的一份宁静与艳丽存在。

我终于伸出手去，但还是不忍摘下一枚，心底若望见在迎风开合的时光里一脸汗水的自己与喜悦，那是金子般年华，我所有的命运都是从其中延伸开去的。

在无法回返的时光路上，我们究竟能有多少次在生命里与自己重逢，并且用最干净的心看见生的美丽与光华？

在离开一枚枚饱满艳丽的山山红前，我和它们轻声道别，因为我不知道还会在哪一个年月与之相见，虽然它们只是别人眼睛里的野山楂。

一缕风吹静了我的心，站起身，向山顶攀登。再见，山山红。

时光分明

夜幕沉垂，无月无星，晚风在独自缓行似乎无意着眼路边风景。

灯火在瞳中安静不语，书在桌上细数其间绿肥红瘦的心声。

清寒漠漠，若桃花上的春雪，别有颜色。只是山在别处，也无水声。

思念如两个人站在对岸，一个手势便彼此明了。至于是祝福、告别、伤感、思念、痛惜、爱恨或者其他，已不重要。

私下认为，两个人彼此洞悉实在难得，若不是极好的朋友，宁愿他是可以相见的对手。

在这烟雨飘摇的尘世，一个人行走太过孤单，但入不了世，自然近不了人。

人毕竟不是月光，如果无法倾城，做一个平凡合群的路人也未尝不可。

从不认为时光无情，相信每个人都有自己的命运，愿意在属于自己的轨道上完整地活着，也不愿做一个背离自我的人。

相信每个人都曾是饱满的种子，至于有没有发芽生根，按照属性长成花、树、稻子、小麦等，那不是时光的过错。

一个人如果真正努力过，即使没有到达想要的境地也要安然活着，要相信时光一直爱憎分明，给了别人多少也会给你多少。

一个人如果要想做到更多，首先要做一个内心强大的人。没有谁能拯救谁，所有的生机都是自己给的。

怨愤的结果伤人伤己，看不破这一点永远都是长不大的稚子，无法穿越红尘的风雨。

仓央嘉措说，这世上，除了生死哪一桩不是闲事。虽显唯心，却也实在。没有生命，还拿什么去爱、去恨甚至折磨蹉跎？！

每个人都有自己不为人知的忧伤。拨烛细看，谁的身上不是伤痕累累？

有夜鸟丢下一句让人费解的话划空远去。邻家小女的琴声婉约，若有新愁。

时光的环佩叮咚有声，听见者又有几人？

我翻过一页书，柳永在词里着一袭青衫幽幽地唱。

耳边有隐约细微的唱腔由远处飘来，风月倒转，那一曲幽凉在时光中迂回不去，若一朵枯瘦黄花，在破败的城池废墟上歌唱。

微风吹过，冷落在皮肤上驱之不散，冬寒料峭，纸若千杯不醉者，坐在时光中将尘事捻破。

在一首词的注释中看到半面妆的故事。不由想一个女子化一个两边分明的妆容对着自己爱慕的男子，究竟是什么样的心情？

我化这样一个分明的妆给你看，是为了告诉你我明白你，更是爱你，但也恨你。也许时光对众生也曾有这样的痛楚与无奈。

人生只此一回，走过了就无法再回去，唯请好好珍惜。

微笑着轻轻掩上书，一并将冬的冷叠藏其中，置于高处，然后睡去。

随心而喜

久违的月色,像一个人清澈的目光。在一片光影的树下行走,与风声擦肩而过。

这似曾相识的时光,与哪一年相同?虽已不再记起,却有如见故人的喜悦。

静幽的小路上有花的芬芳。去回忆中找寻往日的姿态,素面清秀的光阴早已不在。一切都已转变,时间、容颜、过往,以及那些潜移默化的念想。

越过花香,在一盏路灯下试图去拾拣你的影子。往事散落在风中,还有那年那月的怅惘与欢喜。

捧一掌黄昏般的灯火,心生柔软。原来我还不曾从这苍凉的尘世中远离,依旧存有观心内外的能力。这是一件值得高兴与庆幸的事情,敌得上生命中所有的经历与感情。

有南飞的雁声流过长空。寂静的天宇像可以洞悉生死的罗盘,只是不知谁是那窥得天机的人?

幸好我不曾窥见天机,才让我有心气,悠然活着和自由想象。一眼望穿生死和未来,失去了活着的鲜美。

喜欢笑着面对过去,不再在意往日种种,相信身上流淌着的是随心而喜的年华,不是镂刻生物标本的光阴。

诗人说:"有多少欢喜,就有多少凄凉。"哀婉绝望的句子犹如烟雾,飘浮着生的阴冷。不太喜欢这样的句子,认为人活着还是该心存欢喜的好,要有如向日葵般追逐向阳明天的心。

相信欢喜是阳光、灿烂、飘逸的美丽,何必把生说得那般沉重,让人对命运望而生畏!

印象中的欢喜，若楚楚雅致从容的素衣女子。可长衣也可短衫，可绣花也可水墨。只要随了心意、合了适宜，自然就会有横看成岭侧成峰的芳华。

不愿意给事物太多定义，太过主观对生有斥责的嫌疑，和两个人能否成为朋友相似，归类机缘。生生遇见，就是一场盛大的相聚，值得庆贺与珍惜。

这世上有太多凉薄的往事，不再相干过往，并不是对它心有敌意，而是用随心而喜的心去温暖未来。

有些人就是生在你心上的菟丝草，风吹草动。不论季节、冷暖、真假。这不是生的劫难，也不是谁的春天，只是散在空中的随喜因缘。虽然遇见与错过无法预料，但其属性中的姿态注定是飞翔。

相信我们每个人的背后都有一双翅膀，只有抵达了生的高崖，才会知道如何飞抵理想。

告诫自己，即使对世事不能如愿也不要难过，哪怕至死也不曾飞起，生命中还有许多难以名状的美丽。风景、季节、花朵、笑脸、眼神、背影、邂逅与懂得。就算繁华散尽，尘土飞扬，也可以对着风中纸屑随心起意眼生欢喜。即使命运是人生的茧，千般努力后也不曾破茧成蝶，也要请相信过程已经赢得了懂得的人的尊敬。

书上说，这世上没有苦海，只有飞不过大海的蝴蝶。只要落了心，就可欢喜。一草一木、一笑一颦、一起一落也满是喜意。

彼岸的风景究竟几许、风中的语言说与谁听、欢喜与哀愁会否是此岸沙滩上的足迹？我轻轻问自己。

寂寂的天空如同睁着深情的眼睛，我在风中看见初秋的叶子在远处轻盈落地。

清澈的月下，相依的影子陪在那里，随身而动，依旧不知疲倦地跟随着我一路向前。

蓦然知晓，原来这世上，最美好的存在竟然是人心的自由与安静、清澈与洞悉，以及草木、瓦砾和所有可以看见、听见、领悟的事物都是可以让我心生喜念的缘起。

单衣素行

转眼又是九月,早晚微凉,已不是去年模样。去年究竟是何面目,浓妆还是素颜,无从记起。

不是善于忘记,不能注解生命真谛的过往只是证明,没有质感。尘世不是乐土,只有经过历练的人生才有属性。

阳光在逐渐清澈,露出了它明黄的相思。无忧的风静静流过,带着世间的稠密往事。

着一身单衣,在一株树下,仰望天空。湛蓝的天上云朵如絮,片片相望。细碎的风和树叶私语,好似忘记了我的存在。

行走在清晨的路上。没有露白,也没有灵光。素色的步履轻悠慢长。

空气中尘土四散,各自落去。形形色色的车辆和面容擦身而过。谁是谁的风景无从述说。

没有谁在不辞而别。离开和存在只是故事中的一个情节,重复得像轮回。

如果真有轮回,谁将会珍惜谁,又会从谁开始?

日历上的数字可以重复,不代表人的错过还可以遇见。如果再次遇见,不是巧合,定是某人卸了妆,走下了戏台。

人间的流离昭示着生的残缺。所有的华衣都像蝴蝶的翅膀,经不住时光的烈焰。褪色的人生不是平淡,是对死亡的臣服。

我们不能接受命运的捉弄,却能接受死的清洗。这世上究竟什么最可怕?大约是放弃和忘记了生的乐趣。

其实,任何一种方式的存在都是值得庆幸的。哀怨、情爱、忧愁、欢喜、智慧、灵犀都是嫁接在生命之上的,没有了生的主体,一切都是虚幻，你将不再记得所有，过往都是物是人非。

没有人能够永生，只能走向永远。

牵手、独自、轻盈、沉重只是行走的部分，不是唯一的注解。我喜欢将行走色彩化，且倾向于素色。

认为再华美的色彩都有褪败的可能，只因时光细心无比，不会将谁遗忘，都会被其漂白，化向虚无。

所以，在月色下追问影子的前身后世，沉默让之更显高深。

一路行去，细碎的足音打破了巷子的寂静，梧桐树上麻雀怯然无声。

季节的风声早已泄密，我依着轨迹一步不停地踏进秋里，薄凉透过单衣。

繁花的落幕为了成就果实的梦想。我如此安静，是为了将运命理解淡墨浮生。

不愿描述生的噩梦，生活已让人心力交瘁，何必还要弄墨乱评污染视听。

一笑而过，你我都不过如此。风景、光阴、爱情以及其他等等。

我们都在行走中成就自己。请各自珍惜时光的赋予。

如果可以，请让我就这样单衣素行在这世上，微笑面对栩栩动人的病愁与欢喜，浅浅清唱生的甜蜜。

但愿人长久

天终是晴了，摆脱了连续的阴雨，在明亮的光影下，心情也好似美丽了许多。

摊开手掌阳光落在其上，像这个下午都停留在了那里一般，沉甸甸的。在一片明媚中，一对燕子穿过天空，丢下一串笑声。

邻家院落中的桃花开了，有数枝伸出了围墙之外，望着那些不艳不俗的花朵，如见某个似曾相识的脸，心里不由生出入梦的错觉。

崔护说，人面不知何处在，桃花依旧笑春风。这种催人泪下的怅惘，多么令人神伤。可是，这世上总有这样那样让人不得的苦楚与分离。

虽然时光不再，那个春天已然遥远，而许多人还在尘世上颠沛流离，只为在时光的河流中找到属于自己的欢喜与明天。

俗世如戏台，一遍遍地演着春夏秋冬，只有极少数的人知道自己也在其中无法脱身，而大多数的人在随波逐流。其实，不是每个人都喜欢演戏，而是戏开始时总有人被卷入其中。

在一个路口等人。盛世的繁华掩盖不住早春的幽凉。一阵风过，身边老了面容的雕塑似乎打了个寒战。

一切都在时光中老去，细枝末节已无足挂齿，包括那些疼痛与哀伤，甜蜜与欢乐，已找不出什么是属于我们的长久。

深深浅浅的过往，注定让长久成为一面洁白光滑的墙，即使墙下种满了蔷薇，细微的花香也只能打着转儿等待蝴蝶的到来。

在一条无人经过的小径上行走，不是去探究春的秘密，而是希望能在一朵花里找到自己的影子。

天光清澈，仰望天空，它像面流着光的镜子印着浮动的苍生。没来由地想，也许在时光之下，我不过是一只虫子，在一面墙下聆听春声，等来的却是季节的转换。

有风来兮，略有腐烂的味道里裹着人世的悲欢离合从远方来。远方究竟有多远？夏商还是唐宋，无人知晓。

去见一个很久未见的友人，关于他的稠密往事已随风飘远。他坐在光影中看一本书。他因一场车祸失去了记忆。

他茫然地看着我，眼神中带着疑问。他妻子微笑着和我说，现在的他才真正属于我，以前的破碎过往似乎只为成就这一天。谁想过，他曾为另一个女人差点抛弃了她。这世上的事，错错对对，似乎就为了成就某个结局。

能看出她对他好，好到似乎忘了自己，或者说他就是她。她附在他耳边说话，言语温柔。他像个孩子，眼中写着依赖。我喜欢这种人世长久而又温暖的亲密，心生羡慕。

这世上很多的相遇是短暂的，留下的温暖与思念却是长久的。

在月色如绸的街头，听一家店堂唱机里播放王菲的《但愿人长久》。声音幽凉，像一条河流的水声。

有风声如诉，仿佛在与尘世低语。这是让人思量的世界，有人睡了，有人醒着。

影子在地上躺着，许是睡了。我的目光如藤类植物，顺着灯火向远方攀缘，渴望能奇迹出现。

相信这世上，所有的奇迹都关乎灵魂。更相信，我们的魂灵曾在某个空间缠绕过，你一定会在某个宁静的下午抵达我的窗前，送我一首关于长久的诗。

书上说，一个人的灵魂只有21克那么重。一片羽毛的重量。

把一个人的灵魂用数字来表达，如此之轻，不由心生悲凉。一直以为灵魂是人类保持长久存在的源头，像座冰山，可化成三千弱水。现在看来，它不过是随风起落的尘土，不堪风霜且命运多舛。

书页在桌上被吹得哗啦啦地响，像谁在书中寻找需要的答案，字在书里组成一个个长短句。

在人民广场上看一对情侣握着手走过，软声细语，脸上洋溢着幸福的笑。他们的背影被阳光拉得好长似乎写着秘密。

一群孩子在远处玩耍，不时传来阵阵笑声。在水般的时光下，这是无忧的鲜美，如同在短暂里寻见长久。

看夕阳下众生不畏光阴地活着，忽觉今天真是好，如同站在一支曲子上，每一步都是震动心弦的音律，若你因此露出笑意，便是我们的默契与长久。

所谓长久，也许就是珍惜今天的好，对人对物不怨不急安之若素，以及与心爱的人一起活着，不离不弃相安如在。

寂寂无声

每次身处喧闹中,心中总会涌起淡淡的孤独感,好似眼前繁复的热闹和笑逐颜开如同演戏,而我在戏外。

一直喜欢尘世的繁华和人与人之间茂密的关系,看众生都能安稳和葱茏地活着,觉得是件美好的事情,值得我们所有的人高兴。

只是想不出,为何心里总有轻烟一样的乡愁,好似在尘世之外有某一个地方才是我的来处,那里住着我最亲的人。

又好似盛世的繁华是尘世书中的一个章节,我是偶然落在其上的一粒尘土,经过修行会重新落入轮回追逐重生。

这是无端的念想,没有线索证明哪一条路是我的来途。这活生生的尘世,我注定是其中一员,必须好好活着在得与不得间辗转。

其实,我更愿意自己是一枚卧在青埂峰上的石头,安静地看着花开花落云起云散,不惊不喜不悲不惧。可这世上很多事不是以我的意志为转移,那些繁复的念头,在他人看来或许不过是一些无厘头的笑料罢了。

生活是生活,梦想归梦想,既然两者交集的概率不高,唯愿我能在喜欢的书中沉静、在静寂中安然生活。至于所遇的种种,那是命运的安排,属于机缘。

在一本书中看过一句话:一个人只有在寂静和利益面前,才能发现自己的本性。至于谁能在俗事中明心见性,那则是造化,与智慧的大小无关。

一直觉得自己是个蠢笨的人,对突如其来的变故总不能从容面对,只有在经历波折之后才能慢慢慧悟生之要义。因为知道自己缺少了成为蝴蝶的破茧能力和一路向前追逐光明的勇气。

明白道理与是否按道理行事是另外一回事情，人大多时候都是按照自己的性情去做事的，所以世上才会有那么多的曲折故事。

也许无数个故事的交织才让这个尘世生机浓郁，像一座春天的山峦，在时光下绵延向无尽的深处。

一直认为深处是一个美好的词，可以衍生出许多寂静的花，被时光一照，生命里的那些句子、人、事就越发生动了。至于那些残破的往事，就让它们随风而去，一个人只有轻盈才能飞得更高。

不想评说过去时光中的对错，那些明亮和湿漉的过去，虽然拿到现在来说并无意义，但我依旧心存感激，是那些经历让我褪去青涩趋向成熟。在老去的背后，我还是愿意保有一份纯真，让心因此清澈干净。

愿意相信诺言和遇见，即便最后戏剧般草草收场，还是认为面对时，彼此是真心的。就算事过境迁，终于学会不再去追忆那些往事，但仍固执地相信如果心有默契缘分依旧存在，无论经历多少寂静无声的时光总有一天会等来花开。

承认每个人都有自我的一面和需要屈服的俗事，所以讨厌质问，也不喜欢解释。每个人都是自己的王，真正的臣服和归顺是不用言语的。

喜欢两个人轻松地相处，彼此相互映衬，共同把本不完美的人生经营成最好的现在。而不是把原本无话不谈的美好过成寂寞枯萎的残花。

人一生属于自己的时光并不长，我们还有除了活着之外的很多事情要做，爱情、亲情、友情等等都是责任与义务的一部分。

所以谁也无法许谁地老天荒，永生相随的前提是永远存在。在时间的洪流下，一切都会被卷走，百年后都是花上那些寂静的尘土，在无声中修行以求来生还能遇见深爱的人。

既然今生的遇见是前世修行的结果，不如好好珍惜相遇的美丽，不去追问已经错过的时光中彼此曾去了哪里。

谁都有自己不为人知的过去，爱一个人就要接纳他的全部，因为没有人是完整无缺的，那些好的坏都是生命中必须存在的枝叶，上面住满了我们心中的风花雪月。

如果最后两人不得不分开，也不要惋惜，爱情的寂寂无声也是一场花开花落。因为爱情没有好坏之分，只有缘分存在深浅之别。

如此这般，我愿意，在寂寂中无声等待，用明亮的眼睛张望你的来处，不苦也不急。

第八卷 逝水年华细思量

寒更雨歇，葬花天气

冬令中的江南，这几日一直有雨，让尘世凉意弥漫。在如烟的轻寒中，听窗外雨落竹叶的轻响，心也潮湿起来。

百无聊赖，在灯下翻看纳兰词。读那一首首清丽幽婉的词，不禁想，纳兰容若，这拥有世上最好听名字的男子，该是怎样的一个人，他的绝世才情起于何处又归去何地？

灯光落在词上，似有烟氲氲开来，依稀看见他从中向我走来，神情寥落，像一朵开在早春的花，花瓣上滚着滴滴冷雨。

他父族是外戚，母族是皇室，却自诩自是天上痴情种，不是人间富贵花。

他曾是康熙皇帝的御前侍卫，深得信任和恩宠，却有"身将云路翼，缄恨在雕笼"的感叹。

他有出众的容貌、尊贵的门庭、濯濯的风采、高洁的品行，但有"赌书消得泼茶香。当时只道是寻常"的怅惘。

他重义轻财、风度翩翩，令天下多少红颜倾倒。但不是走马章台的纨绔子弟，他用善美忠贞的心待他所爱。

他只活了30个年头，应了"世间好物不坚牢，彩云易散琉璃脆"的话。是否也应了情深不寿的宿命？

此恨何时已。滴空阶、寒更雨歇，葬花天气。三载悠悠魂梦杳，是梦久应醒矣。料也觉、人间无味。不及夜台尘土隔，冷清清、一片埋愁地。钗钿约，竟抛弃。

这是他写在亡妻卢氏忌日的悼亡词，字字哀婉，情意缱绻。不由为这多情的人担忧。多情心易碎。

有人说他的词多是无病呻吟，但我喜欢。我喜欢"人生若只如初见，何事秋风悲画扇"、"吹花嚼蕊弄冰弦，多情情寄阿谁边"。前一首的微凉感叹让人心酸，后一首的相思扯动柔肠。

容若曾在某个春天去西郊冯氏园看海棠，一阵风来花雨如幕，他如此写来："一片晕红才著雨，几丝柔绿乍和烟。倩魂销尽夕阳前。"这是让人心醉的春天的感觉。如此美好，怎生让人不喜欢？！

相传，纳兰曾在婚前有一段浪漫而感伤的故事。故事的女主角是他的表妹，一个貌美如花的聪慧女子，也许脸上有若隐若现的淡淡哀愁，但最终青梅与竹马还是两相分离，她被皇帝选为妃子。人去，情在。她成了他心中永远的痛。

初恋的夭折让他心碎，在那样的痛里，他迎来了他第二次的情恋。她是他明媒正娶的妻。她的笑像冬日阳光，温暖灿烂。他读书时，她坐在他身边。她像一朵花般在他身边，他失意不安时，她紧紧搂抱住他，和他说安慰的话。时日久了，他的心终被她的太阳照亮。夫唱妇随、赌书泼茶。那是一段刻骨铭心的美好，直到她带着对丈夫和爱子的不舍离开人世后，他才蓦地惊觉，他爱她已好久好久。

阴雨总绵绵。这一次，容若哭了，他审视自己对她不识。"人到情多情转薄。"其实，他何曾薄情？此后关于她的念与想日日年年，他让这份爱在滚滚红尘，飘飘荡荡，经年不散。

在经历了"十年踪迹十年心"的悲痛后，他遇见了江南女子沈婉，在她那里，容若见识了江南水乡的柔美，他们仿若前世的鸳鸯，然而故事走到最后他们还是有情人两相分离。

他辜负了一个红颜一个妻。对此他是明白的。"一生一代一双人，争教两处销魂。"最后，他也在亡妻卢氏香消玉殒的第八个祭日，弃了爱他的、他爱的而去，落于人间一片凄凄冷雨。

这或许应了他的说法，他本就是天上痴情种，来这尘世就是为了来爱的，他想要的只是爱情。所爱的去了，所爱的不得，如此苦痛，不若就此别过，让寒更温暖，让冷雨停歇，寻一葬花天气，写一段词，说于人听。

  残雪凝辉冷画屏，落梅横笛已三更，更无人处月胧明。
  我是人间惆怅客，知君何事泪纵横，断肠声里忆平生。

  他说，人生不如意事十之八九。他惆怅，也许是因为情，也许是因为命。

  上天给了他绝佳的开始，让他有显赫家世，轻易便入了仕途登上庙堂、但又给了他一个柔软的心，那如水的情怀注定让他走上情感坎坷的旅程。

  人生中，或许轻易得到的，并不能让人用心经营，反是那不易得到的更让人费尽心力。

  他不快乐，甚至忧伤。他貌似拥有一切，但在侯门中，他并不是一只可以随意飞在天空的鸟。更多时候，他不过是在葬花天气写词的人，写他的相思与怅惘。

  "人间所事勘惆怅，莫向横塘问旧游。"过尽千帆。他才有当时只道是寻常的苦痛，才感到那是痛心不已的不寻常。这种怅然若失唯有不复存在才显弥足珍贵。经历了，才懂得时光不返的凉薄。不是矫情，心境就这么无可捉摸。像某一天，你一无所缺，反倒觉得心里空了。

  纳兰容若的经历印证了那四个字——天意弄人。更让人看到了，所有风华与美好并非一人可以独得。

  你念，西风，独自凉。
  你念，皆不是，空作相思。
  ……
  窗外，寒更雨歇。我轻轻掩上书，想，明日会否是个葬花天气。

茂密

　　日光清白，如一首意味深长的诗，结尾处似有一双望向光阴深处的眼。

　　在一堵围墙前，看蓬勃盛放的蔷薇，绿叶与花朵亲密相间，如并肩站在时光下的情侣。心生欢喜。

　　书上说，所有的一切都是最好的安排，包括生死、遇见、懂得和爱。或者还有一些不为人知的痛楚与忧伤，那些都是为了让人更好地存在。

　　存在该是人最幸福的所在，因为存在，灵魂才会安稳，人才能以最美的面目与和悦的心，去见喜欢的人和做有意义的事。

　　风从南方来，夹杂着泥土的气息或许还有远古的呼唤。细碎的紫色楝花纷纷落下，心头温软，仿佛看见从前，那个坐在树下不懂所读文字意义的少年。

　　虽然现在还会读书，却未曾书读百遍其义自见，但心里渐渐有了茂密的想象和思念。

　　不去问轮回是否存在，既然所有的过去都是必须经历的，那就用明媚的心过好每一天。

　　喜欢这样紧凑地活着，日复一日年复一年，相信来的总会前来，失散的也终将散开。

　　每个人都有自己的命运，开始时不曾勇敢，那就以良善的心去守候美好，或者在纸上写一首诗，作为纪念。

　　其实，不是不够努力，结局即便注定，也要用那些好，为来生种一片森林。

　　极为喜欢村上春树说的一句话，希望你下辈子不要改名，这样我会好找你一点，有时失去不是忧伤，而是一种美丽。

深情地活着，不是一句口号，而是一种勇气。给自己一个许诺与想象多么像春风吹又生的草，茂密葱茏地活。

坐在路边的石凳上，光影交错如时光的涟漪，万物游历其间，韶光繁华，如见华美前世。

身外是盛世的声响与景象，此起彼伏交叠辉映，如同画卷舒展开去，流淌着繁茂的机缘。

不要在意谁辜负了谁，珍惜现在就好。能够白首不分离的，只有少数人。大多人都由于种种原因失散，因为有缘还要有分，所以绿叶总比花多。

不喜欢埋怨，愿意以静默的姿态去承受结果，相信理解与疼惜的终会懂你，不懂的话说千句也是枉然。

昨日立夏，空气中飘浮着淡淡的夏的味道，清新如果汁。

其实，更喜欢深夏，黏稠厚实，灼灼如酒，若有三两知己对饮，日子的好行到这里才见真味。茂密的人事、友谊、爱情如同窗外生机盎然的梧桐，静候凤凰来栖息。

愿意去发掘日子里的好，认为日子如细软，是伴随一生的宝贝，需要慢慢消度与赚取。

坐在窗前读一本书，风穿窗而入，落在身上，如见旧年。

轻轻合上书，然后在脑海梳理往事中的诗词，还有黏稠的念想。

不知谁在弹琴，悠扬如山涧之水，流淌在温暖的午后，更显时光的静寂与尘世的茂密。

夏天，你好！

又是一年秋

似乎只是一个转瞬，又是一年秋了。时光如此之快，不免让人心惊。

夏日的闷热尚未褪尽，早晚却生出了凉意。恍如两个人的缘，他们还在那里，心终是远了。

不离不弃好似一个谎言，最终在时光前露出了狰狞面目。看这样一句话，不由黯然。

我捧着初秋的月光，看影子躺在地上禅悟，知晓自己尚且是一个不能窥得生之玄机的存在。

其实，我知道所有的经历到最后也不过是时光的一个眼神，只是在明白时，我会否能坐在它眼中微笑？

日子就这样重复叠加着，越垒越高。连情节似乎也是相同的，同样的苍白无力。

坐在车上，从南到北，看窗外来来往往的人，总觉得自己如一只迷路的蚂蚁，找不到可以问路的人。

想不起，谁曾这样说过：无法抵达彼此心灵的情感，不过是如手中脱落的线，注定漂泊。

漂泊，一个让人倦意顿生的词，如两个人离别时的回首，在那一刻潮湿了他们的心。

一片早落的叶子，在不远的地方缓缓下落。有风吹来，带着旧日的尘埃。我轻轻吐了口气，像吐去了哽在心头的疼痛。

走在路上，常有沉在睡梦中的错觉。身边的事物像水中的倒影裹着朦胧的光，一如一场不能也无法结束的戏，就那么演着，不惜老去人的容颜。

一抹秋天的夕阳极尽妩媚，只是我并不喜欢。我喜欢静静地坐在水边看时光沉浮。那些倒影在水中真假难辨的风景，像一部影片的背景极具动感，只是生机渐失。

我怅然若失地看着暮色四合，天地渐渐归拢成一片混沌，我可否不要如此清醒如此执着，姑且当自己是一只虫子，终会某年的秋跌落风尘，成灰成泥。

不轻视生命，但我愿意仰着面目生活。可以平淡，但不能罪恶。

一直相信自己心中还保留着一个地方，为了自己也为了你，只是不知命运何时眷顾。

时光如此轻薄，如一张纸，不知会染上谁的墨迹。

我宁愿相信自己无力着墨，不能给予美好，那就退步为岸，把爱恨放在心中。

从不唾弃遇见，也相信有人是专门为收伏我而来，果真如此，我愿它一直洁净，不要缠绕与伤害。

假若世事如一本书，我愿意自己是一个坐在青石上翻阅的看客，如能从中看出些什么，那就不必在乎它秋来秋去了。

一直觉得天地间藏着某个隐语，它召唤着季节来去，更引领着人入了它的局。在局中，我们沉沦其间，不停地相互缠绕，甚至不惜生死相逼。这太过汹涌热烈，不为我所愿。

如果可以，我可否置身事外，在戏台下静心看清每一幕的结局？！

又是一年秋，我喃喃读过，不惶恐，不叹息。

花开花落两由之

连续几日的雨，让这烟花三月多了一分水意，更有两场薄雪，让人无端生出些许闲愁来。

廊檐上，潮湿的铜铃在风中哑了嗓子。窗外的长巷湿漉漉的，像谁在戏中扯断的水袖，上面落满了泪痕。风像披了雨衣的旅客，千里跋涉后，落在帘子上不愿离去。

邻家的院落中，几株桃树上缀满了花骨朵儿，像一个个情节，不知何时才能盛放开来。

在这个有些清冷的早晨听着心间因你而起流淌的水声，不知你会否也同样把我想起。

过年时，买了一束郁金香插在花瓶中，那会儿的它们花骨朵儿挨着花骨朵儿似在静静中沉睡。昨日从梦中醒来，闻到淡淡花香，顺着香味寻去，才发现那束花全都开了，煞是好看。

午后，在香气环绕的屋子中看书，很快便进入到了书中。这是一本经过作者精心设计的书，她刻意避开了对话，从头到尾极尽叙述，让人着迷。

她在如花的年纪爱上了一个人，这是错误的遇见，但他们真心相爱，可有情人未必都能成为眷属，他们分开时，她已不再年轻。她说，这朵爱情花开了 11 年最终还是落了，但我不唾弃遇见，因为我们需要爱情。

我们需要爱情。多真挚的话语，坦诚而不矫情。我愿意在这样的故事中随着她悲喜。

窗外有孩子叫，下雪了。欢快的声音。

看看窗外，果真是下雪了，细碎的雪花像神遗落人间的银粉，迷乱人眼。

站在碎雪中，心异常宁静，像身处世外，所有的念想在跳水，一圈圈涟漪归于镜面，照亮虚空的世界。

有莲花在心中次第开放。背对光阴，我看见自己的影子接住了那些跌落的花瓣。水声弥漫，渡过年月，我发现自己也是一片从人生的花上落下的花瓣，随水流一路向前。

缓缓流动，渴望在抵达岸前，再次与你相见。

有雪眯了眼，用手掌按捂住眼睛，摊开来，有潮湿的泪。

夜色浓郁如森林。有雨在打湿安静。清冷的房间，灯火像等待了很久的眼睛苍黄疲惫。

诗人说，我们都是流动的，互相靠近前，我们都是水上花，开了谢了，两不相干。

如若这样，看那流在水上的一蓬蓬、一束束、一朵朵的花，在时光中开了落了，为何水不动容？我茫然地看着远方，阴郁的天空不知谁在放烟花，让人黯然神伤。

在冬天的窗口，我想起了某个夏夜的拥抱，以及那时落在地上斑斓的星辉。我相信，那时我们的背后都有一双透明的翅膀，并且落着花香。

我们是这样互相怜惜，大约是源于我们有着同样的命运。在生的花园，我们寂寞生长、遇见、相爱，然后告别，只因我们是花，无法掌握命运。

把去年的点滴过往回想一次，不是计较得失，是想让某些事和人更为清晰。

找一曲久久未听过的歌来听，在旧了颜色的声色中，想起关于它而起的疼痛与甜蜜。

这是矛盾的世界，遇见时好像已注定会有离别，这杯宿命的酒即使放再久，到了时候，你不得不一口饮下，即使你万般不愿。

天空寂寞得像个找不到家的孩子，如我丢落在镜子中失神的眼睛。

铺一张纸，用心研磨，然后用工笔描绘一朵花，看着它一点点开放，心生欢喜。喜欢这样的盛开，但也明白如若是真花，那自是会落的。

不能改变命运，那就花开花落两由之，随遇而安，仔细去品味生活给予的滋味，从中寻出美来吧。

只望见清空

自然的风生出了秋意，天便凉了下来。夏日余存的热流像退场的演员在仓皇下台，有些甚至还不曾卸妆。

浮生如浪，一起一落间究竟有多少人被推入顺流，又有多少人自此逆流？

行走在人流拥挤的街道，路过的每个人都行色匆匆。明黄的阳光像一面锦，无风自动。我忽然有身处幻境的欢欣。

依旧绿意盎然的梧桐叶在风中亲密交谈，隐约有细碎的笑声。

在一面硕大的蓝色玻璃前停下身形。影子躺在地上像被水浪推到岸边的落水者，湿漉漉的。不禁去想，我会否在这尘世也是潮湿的？

大多时候，我都是一个安于现状的人。在时间的平铺直叙中，我并不愿意另行表述。但一切并非如我所愿，命运的分行断句常常出乎意料。

人生究竟有多少波折？又有谁能坐在浪头看清转势去留？

对我来说，只愿坐在岸上学习水的从容与静默。若能在浮浪到来前望见清空，即使湿了鞋袜也欢喜。

如果你在对岸恰好望见我的笑脸，但请微笑。从此岸到彼岸，只要爱的花期不去，即使微茫光亮，也能照见来时路去时途。

即使微茫光亮，也能照见来时路去时途。我把这一句细细地读。

河水流向远方。知道它流向终点的名字，却不曾去过。就像曾喜欢过某人，却不曾表达。或许这样留在心里才更为美丽。

其实有些事在面对时，即使说了做了又能怎样？不若这样轻放，少一份怨恨与振荡。

人世间的离合悲欢无时不在，没有人能绕开这如水的命运渗透。

不想说生有多苦死有多恨。都不过是一句浮华的话。事到临头，有几人不会乱了方寸？

两个人的天涯一个人的命。谁编织了美梦又被谁盗取？前前后后都不过是一个缘起缘尽。像这脚下流水，貌似有情却无情。

看水中清空倒影，还有一张如暮色的脸，好似相识却陌生。

一阵风过，带着轻微的秋凉。草虫在低婉地鸣叫。

原来我一直都在画中，不曾远去。那个陌生不过是自己设的一个结界，看破了，也不过是一个谎言罢了。

但我依然心有梦想。用等待的气度去张望，不慌忙不颓唐。

月色浮沉。整个夜晚像一个梦。

墙上的光影似枝蔓丛生的画，只是墨迹太过浓烈，不为我所欢喜。

至于我的欢喜是否如愿到来，又被谁推送到了哪里？这不是我能借势改动描写的戏。

其实说了心痛，不说也心痛。要的是人懂，可又有几人懂？

天上有少许星星。月光淡照环城皆山的风景，更有楼下淙淙水流的声音。

在这山重水复的故事中，我会否是那河边的青石转世——过了春红身就绿？

如若这般，我宁愿在苔痕初见的岸上，随水流转动卸去心痛，点点将恨意归空。然后静静任逆流顺流冲洗，直到一切退尽，只望见清空。

逝水年华细思量

凉风穿过午后的阳光抵达时，我正出神地望着一只飞越天空的鸟。没有痕迹的苍穹像一张染了暮色的纸，无人可以着墨。

细碎的尘土在光线中游戏，被一枚飘来的叶子惊得四散开去。一朵花般的寂静在悠然自得地开放，书页中的故事被风慢慢翻过。

我的意识好似停在了鸟的翅尖，被它远远带走。划过耳边的风声隐约夹杂着时光落地的声响。

菊花在静静怒放，又是一年秋，连窗外的巷子似乎都老了，卧在阳光下把往事慢慢回味细细思量。

镜子将光折射过来，光亮把我一分为二，影子与我究竟谁更真实，不禁有些惶惑。

在纸上写一些不知所谓的句子，至于有多少是内心的独白并不在意，就像风过花落，芳香散失又有何妨？！

在《恒河冥想》的音律中渐渐进入那片水域，随着波光敛艳沉浮，往事于水烟袅袅处升起，将我慢慢包裹。

就这样，我躺在年华的水底将沉淀的旧事一一清点。水声中，依稀有不灭的梵唱。

清澈的时光，一望不见的远方，谁在灯火阑珊处招手？

暮色如深色的锦，从手上滑过。忽然想起幼年最苍黄的一瞬，在依山将尽的夕阳下，你摇手远去，从此不回，成了我友谊中最深久的绝唱。

其实，我很希望朋友间常常走动，或者偶尔说写散碎的话，即使不着边际。

在最青春时就染上了喜欢忧愁的病，与际遇无关。在经历上，我承认自己是单薄的，甚至是透明的，但不知为何我总觉得自己的那些往事，或多或少沾染了一些水汽。

书上说，有些人天生就有轻愁，并不是因得失而起，只因他拥有了一颗清澈的心。

试问，这世上又能遇见几个拥有清澈心的人呢？想来，这便是造化的安排，就像一块玉，有了瑕疵才显真实，才敢于触摸。如若少了真实，便成了虚幻，明知道不存在，也就放弃了追逐。

这是命运的安排，也是神的公正。

其实，道理人人都懂，只是能够做到的少之又少。我们的喜怒哀乐说简单点，也不过是因成败得失聚散引起的情感律动罢了。

有些岁月是要经历的，有些过去是需要想起的，即使身处其中时不知所谓，也不影响它存在的美丽。

有些人是需要深情的，有些往事是不能忘记的，即使彼此天涯，也愿相互能永生记得，不要辜负了这动人的生。

或许，有了一些愁绪，才能更深体会生的不易和生的艰苦。

月色清冷，浮在尘世之上倾听芸芸众生的心声。一管竖笛声攀缘袅绕而来，像招引魂灵的哨音叩击着时光的门楣。

我站在月光的深处听院外花落的声响，一如在听我那些逝去的年华。那些被定格或者散失的曾经像滴入水中的墨珠，在脑海中渐渐由清晰走向无色，如彻悟的禅者终于明心见性立地成佛，立在我触手可及的地方捻指微笑。

我张开双手，捧一掌月光，像捧着年华般面色淡然而惆怅。

有南飞的孤雁划过夜空，丢下一句费解的话。

在这温暖渐渐稀薄的尘世，我把着那些逝去的年华细细思量。

不想埋怨时光的迅速，只想将年华弄懂，然后安然存在，不悲不喜。

百折千回也风景

天光格外明亮，如同在衬托尘世的干净与美好，没有风声，却有盛世的喧闹与隆重。

不想说时光飞逝，容易让人伤感，既然每个人都在老去，再美的风景都将成为昨日的黄花，不如坦然面对。

不去评说生活的波澜起伏，不是因为没有意义，而是习惯写一些干净的句子。

小陆说，梅花开了，我在纸上写一行字，希望能够将花香写进字的骨子里，让每个人都看见缭绕香气。

多么虔诚和渴望美好的人，相信即使经历人世的百折千回，也有属于自己的寂静与风景。

喜欢寂静的存在，当然若有三两好友围炉煮酒话天下，或和喜欢的人私语，也是愉快的事。

说话有时也需要高度与对手。任何方式的述说都有缘由，即使曲折。

大多时候，人在对话中思索，在某一句某一言中领悟，得以获得灵感、新生与爱情。

有细细的歌声在阳光下飘荡，如线如缕、折折叠叠、婉约如诉，仿佛裹满了时光的碎屑。

站在熙熙攘攘的街头，身边车水马龙，陡然想起，又是一年在开始。

纪弓鱼说，没有开始，就不会知道对错。没有结束，就不会明白辛苦与解脱。

不想说辛苦与解脱，但内心还是涌出些许哀愁，反反复复的日子都刻印在血肉中，每一笔痕迹都有回响，却无人看破。

没来由地想起一句话：我这般旁若无人地存在，只是为了掩饰你到来前的焦急与慌乱。

人一生遇到爱你懂你的人，是种幸运，尘世辽阔，能够在百折千回中重逢，犹如奇迹。

有年轻的母亲牵着叽叽喳喳的孩子路过，丢下了一串笑声。

在一个唤作"折子"的书店前停步，慈祥的老人捧一本书在静静阅读，如在尘世之外。

喜欢这样闹中取静的美，就像一出戏演完之后，在瞬间的安静后，响起如雷掌声。

许是受了"折子"两个字的感染，突发奇想，如果我演绎一百本折子上的戏，会经历几重轮回，在哪一出戏里，才是自己？在折返来回后，究竟谁是我的风景我又是谁的风景？

仰望天空，天空干净如洗，没有神灵写下的只言片语。

一月的温度凉薄不讨人欢喜，却有平仄押韵的诗意，或许是因为背后走来的是春暖花开。

触目的中国红透露出民族的喜庆，新鲜的日子在一页页地折叠。

其实，人的生活不尽相同各自甘苦，能够成为别人眼里的风景，是件美好的事，那是属于自己的优雅与香味。

一个人的优雅与两个人的爱情一般，都需要精心修炼与经营。

没有谁必须为了谁活着，真正的缘分是彼此珍惜，不要在经历百折千回后，才说人生若只如初见。

不是所有人都能在对的时间遇见对的人，两个人能在有生之年相遇，即便后来分开，也比一个人郁郁不快地等待，让人心安。

丹麦王子说，既有肉身，就注定要承受与生俱来的千般惊扰。

茫茫尘世，不惧苍凉、肉身经受千般惊扰、内心还依旧火热如赤子的人，是一种美。

能抵达这种美的人寥寥无几，因为很少有人能在岁月的辗转碾压和诱惑下不为所动。

人需要感恩与敬畏，在时光面前，所有的生灵都是渺小的，不妨把有限的生命活成永恒的风景。

即使百折千回。

年年如珠

行走在人行天桥上,风从远处来,裹了烟花的味道,这是似曾相识的场景。抬眼环顾,陡然发现年竟是如此的近了。

天桥下,车如潮水般涌动着,随之流远的还有人和带了声响的时光,以及那些转眼旧去的过往。

小雨许是来了兴致,这会儿也来凑热闹,婆娑如织,像在装扮什么似的轻柔如雾。我看着手上细密的水珠,只恨无力将之穿结成串。

今日与往日并无不同,只是这一靠近年,便觉得它美好了许多,至于它是否受了年的陶染,才这样妩媚多姿,还真不晓得。

没有人可以拒绝这样清脆的时光,即使是在尘世的路上一直辗转,也会在年笛的召唤里停下步履。

家和亲人永远都是我们心里的柔软,像酒到浓时滴滴皆是珠,谁饮谁醉,虽是醉的厚薄不一,也如和尚的衲衣飘着佛意。

幼年时是喜欢过年的,在年未抵达前会很想那一套新衣,以及灯笼、鞭炮、腊味、炒米糖和同龄玩耍的孩子。现在那些已遥不可及,究竟是远了时光,还是远了心?

小艾说,所谓的远近,不过是心的距离。心若老了,一切都是远的。心若在,每个人都是赤子。

这世上,每个人生来都有赤子之心,只是大多数人随着境遇与经历的不同等等原因终于与之背离。若是细想,这不能怪了谁,只能说尘事纷扰,不够坚韧忍不住苦痛,便注定要沉入水底。

其实,沉在水底有何妨,即使成了沙砾也别放弃,一定要在那里努力沉淀与丰润自己,鼓足信心与勇气,它们是人生的蚌,假以时日必会让之脱胎换骨成为光华的明珠。

　　雨丝越发绵密，好似为要将这一日网住一般热闹。立春果然是个好词，应了范成大那句："有喜何须药，无尘即是仙。"

　　向来喜欢细雨霏霏的时光，尤其是在这年味深浓的二月，它若陌上草熏，将日子染成了水墨。

　　没来由地想起李商隐《锦瑟》里的句子："沧海月明珠有泪，蓝田玉暖日生烟。"

　　年叠年如沧海，唯愿世人皆可成珠，这才不亏了生烟的日子与美好的遇见。

　　人这一生认为过得热闹就好，若是觉得凄苦，请不要忧郁，所谓得此失彼，相信总有一样欢喜生在心里。

　　一个人切不可失了心里的欢喜，要对未来有所希望，要学会在蛰伏中丰润心性，因为世间所有的际遇都是经过争取与努力得来的，就像麦子，没经过冬的洗礼不会在泥暖日丽的春天茁壮成长绿满田野。

　　一路向前，思绪随着眼睛的看见起伏，有些像躺在波浪上听海的声音，无边的律动与生机朵朵如花次第开放。

　　有孩子在身边燃放鞭炮，激烈的声响无比高亢。细碎的红色纸屑四下散来，像天使撒下的花瓣。

　　追着孩童的身影，仿佛看见了旧年的自己，身上浮动着蝉衣般的欢喜，隐约有月色样的光华。日子过得还真是快，好似只那么一转眼，面目已然不同。

　　仔细想来，人一生所能拥有的时光真是不多，能够将日子过成圆润如珠者更是少之又少，就像向佛的修行，明心见性的屈指可数，但没关系，做一个最好的自己，也不失为人的美。

　　走过人头攒动的街道，过去的时光在心头流淌，渐渐亮了心，想不起从几时起，那散在尘世的日子竟成了一枚枚光华不等的珠子，粒粒成禅，只等着我将之穿成念珠。

　　微笑着行走，看身边的花花绿绿，年年都如此年年如玉珠，照着人的思念与欢喜。

悠悠夏日长

从雨季转过身后,终于看见明亮天光,以及触摸到夏的温度。

虽然雨过山青,如同洗净,却还是不喜欢太过潮湿的时光,觉得被困在了逼仄的空间,所有的诗意都转换成了惆怅。

一个人可以忧伤,但必须明媚。因为不是所有的忧伤都惹人心疼,而明媚却可以照亮人心。

有尖细的蝉声,固执地吹弹着夏的小曲。没有风,只有翻腾的热浪和来来往往的人。

这是稠密的尘世,所有的故事似乎都有着细微的交集,一切的悲欢离合都似曾相识。

人与人极为奇怪,明明不曾见过,一旦遇见,恍如隔世。恰如对一个人的喜欢与爱,那个原本陌生的人一头撞过来,心瞬间开放如花,只想用力抱住,结成果实。

许久没有读书,感觉整个人在慢慢枯萎,像失了水分的花,面目全非。

并不是有多忙,而是沉浸在和人的推杯换盏中,与书本不再是亲密的朋友。

每个人都是在得到与失去间辗转的生灵,能够长久拥有得到的人,不仅需要智慧,更需要不忘初衷的赤子心。

一个人没有目标难免会被尘世的洪流所淹没,所以不要怨愤,人生那么短,有了方向就要努力抵达。

庆山说,即便我们最终会离开这个世界,要担心的不是离开自己所眷恋和痴迷的一切,比如亲人、爱人、外物。而是应该问自己,这一生是否做过对他人有帮助的事情。是否充分而投入地爱过。是否内心平静、完满而无所缺乏。

其实，人的圆满极难完成，能够在尘世之中，不被熏染不被同化，在外界不依不饶的冲撞下，不曾受伤不曾错过，一直保持清醒与平静的人太少。

世事变化，道理谁人都懂，临到自己身上，依旧会犯错。不是因为愚蠢，而是因为爱或不舍。

能够把所有事都做对的人，值得学习，却不喜欢。不想去探究其在抉择时是否有过痛苦，深信在时光之中，必然会有他的叹息。

人是在不断地生长中形成现在的模样，一切的因都是种子，最后获得什么，都是自己亲手而为。

经过一片浓荫的树林，树下有纳凉的老人、女子和儿童，有人在轻声唱歌、有人在说故事，还有人在闭目养神。

市井的好是新鲜地活着，只有欢笑无须烦恼，可以把所有的激情燃烧，也可以慢慢修补内在的错漏，或者沸腾、寂静、沉默、安稳。

树荫之外是绿油油的草地，只是没有晒经的唐僧和他的徒弟。不由出神，这个夏日会否是从那天延伸而来？若是如此之长，折折叠叠中，我们究竟来过多少次，又与多少人爱过错过？

有风南来，炙热的空气像酒到酣时的热闹，高声低语间更显生活的真味。

喜欢这样的时光，没有过于复杂与起伏的故事情节，都活在同一个故事里，朝朝暮暮。

最钟意悠悠夏日的原因在于，所有的伪装在真实之下必然褪去，那些无谓的包裹、猜测、试探等都可免去，只要露出最清澈的一面就可以。

我所经历的时光

转眼夏去秋来，日子一晃眼便成了过去，挂在树上长短不一的蝉鸣许是累了渐渐哑了声息，连树上的绿意也仿佛淡了许多。

明亮的日光从窗外照进来，空气中少了浓稠的热度，有薄薄的凉如烟般缭绕，像极了年少时无端生起的忧伤，无所指可真实存在。

想不出那时为什么会有那么多的伤痛，无数的快乐也淹没不了它的面目。现在想来，这大约是对未来的一种迷茫、畏惧，或者渴望。

自小就生就了一份在简单里存活的心，不愿伤害与被伤害，渴望世间所有都平安相处，不埋怨不期望。明白每个人都有自己的命运，过多的质问与回应犹如演戏，使人厌倦。

有时平静相望，比虚伪的关心更显温暖，一如画像，过多的笔墨会让人失去本来面目。

喜欢看书，大多性灵一类。之所以喜欢那些飘飞的故事与感悟，是相信在这世界之上，有些人相遇，只一个眼神，便可直抵内心。

对事对人不能理解与消化，只能说明自己的内心不够强大不够柔软。真的生命是韧性的扩展，需要自我完善，一切的外力都不过是锦上添花。

儿时喜欢独处，在水边、树下、暮色间、月光中，或者山顶，那是一生中难得的美好时光，没有实质的烦恼，一个人坐在一处，犹如停在天空之上俯览众生，一切都如钻石般亮晶晶的。

所以后来一直渴望能有一枚钻石戒指，可以在任何时候让我回到那段时光中去。只是事与愿违，未曾拥有。看着骨骼明显的无名指，我懂得有些时光，或者感情，人是永远也无法回去的，即使人间日月长。

所谓人间日月长，长久的也不过是人心。所以在后来的时光里，即使一路走得并不平静，从不去记恨谁，属于自己的时光，别人能给予的都是财富，至于能否转化成有用的资源，则是智慧。

走一段路去看一个久未谋面的好友，彼此虽是极少相见，但并不生疏，好似不见的时间越久彼此的心越近。

我在暮色中抵达，他微笑着望过来，这种默契或者敏锐，是时光赐予我们的能力。

友情比之爱情大约是不相上下的吧？相爱的两个人若时光中的两只蝴蝶，而朋友却是时光中的两条鱼。能够一起飞多远是缘分，能够一同游多久是信义。

其实每个人所经历的时光大抵相同，不同是境遇，从生到死的过程皆如草木，只是有人生在幽谷有人生在沼泽。

从不对自己的出身有过质疑，相信在我出生的那一瞬间，所要经历的时光便基本敲定。

不是每条鱼都能够飞跃龙门，活着才是对时光的最好诠释。

在过去的经历中，我遇到过很多人，他们都或多或少给过我帮助与点醒，对此我一直心生感激，尤其那些在我最困苦的时候给我动力与支持的人，如果没有那些言语与鼓励，我不会明白，时光的美好是从经历得来的，而不是神的恩赐。

没有努力永远不会触摸到成功，就像不去走，不会知道路的那一头有多么美的风景。

人最好的拯救是自己，别人能够给的只能是关怀与爱心，至于生机与动力，它一直存在自身的心底。

天空上的夕阳缓缓落下，这一日又将过去，这不是轮回，而是不断地迈进与远去。

看着暮色四掩的世界，我微笑着将书合上，犹如将所经历的时光收入其中般心生安宁。

握几许水色时光

天终是凉了,似一张在时光中褪色的纸,隐约带着些许幽怨的气息。

时常有种错觉,认为时光是神无意落到人间的纸,没曾想过要见证人间的种种,至于人类的那些悲欢离合,不过是人无端的涂鸦而已。

在公交站台上,看车流涌动。这是繁华的盛世,却到处流淌着让人容易觉察的冷漠。

用平静的心去等待即将到来的公车,不再焦急。似水的年华早已将我的浮躁冲刷了去,在清亮的时光下,安之如素。

风从北方来,带着料峭的冬寒。抬望眼,苍茫的天空没有鸟的痕迹。

张开手掌,有如许阳光散落在掌心。轻轻卷起手指然后握紧,去感觉水色时光的沁凉。

在书店的书架找自己喜欢的书籍去看。在那些华丽感性的文字中陶醉与感悟。

在回家的路上构思小说《君如故人》的情节,想让其精彩动人。

有人告诉我,你的文字太水色,少了人的骨头,没有人一直生活在云端。

我不想辩驳。文字发自内心。我或许是务虚的,但在文字中,我愿是真实活着的,不愿死去。

在路上拾一枚叶子,它已褪去了所有绿色,其叶脉更为清晰。

有一首早年听倦的歌——《滚滚红尘》,从某个角落飘过来,让我想起那个细眉细眼的女子。她穿着碎花的上衣不动声色地坐在光影中,像只美丽的蝶。

这尘世，故事不断更新不断陈旧。在时光的长河的此岸，我不过是一缕与草叶嬉戏的风，沾了一点水色，独自妩媚。

喜欢在文字中为所欲为，愿意把自己最灵性的东西表达出来。也愿意自己是野性的，可以将时光在文字中反复折叠成我喜欢的样子。那是理想的国，而我愿是那穿城而过的风，在一片笑声中陶醉在一朵花上安然小睡。

其实，一直都知道自己比较孩子气。喜欢单纯地想一些事一些人。只是尘事让我慢慢触摸到无形的坚硬。它像神，给了你多重的颜色与不同的墙壁，怎么构图和描绘则是个人的智慧。

谁都愿能从时光中一路涉水而来，片身不湿飘飘若仙，只是水色年华，那些波痕和光影，像绿肥红瘦故事中的局，一不小心，难免迷失心性。

不谈结果，我只希望这是一个美好的世界，有红花有绿草，有蓝天有白云，还有你我的笑脸和那握在手上的水色时光。

把书页折起来，在故事中往返。

窗外的月色渐渐浓烈，似要把它所有的清寒都倾倒出来。

这是无人喝彩的夜晚，只有浮尘还在卖力飞舞，只是无人看见。就像上一秒和下一瞬的距离，中间隔了多少路程，谁能清楚知道？

有一缕月光落在书页上，像个调皮的孩子。看着它兀自飞舞，像朵正在怒放的花。我不由轻轻笑了，心中暖暖的，竟忘记身外的冬寒。

用手接住那缕月光，任其放肆跳跃，静静感受时光的流淌。

人一生能握几许时光？我若能在一许中华美，也算不枉今生。

竹林中的美男

没看《世说新语》前，就已知晓了嵇康这个人，消息的途径狭窄，不能将之神韵表述清楚。故那首，"于今绝矣"的《广陵散》，更让我神往。

想了解《广陵散》究竟为何样神曲，去翻阅《世说新语》等古籍，才知道嵇康是一位丰神天质的美男。

他放浪形骸，风姿卓然，喜与神交者阮籍、山涛、向秀、刘伶、阮咸、王戎，停驻在竹林之中嬉戏。听风辩机、谈古论今。

酒上浮翠叶，眼中过流云。那是怎样清逸飘飞的日子，与志趣相投者一起将时光轻弹，是件多么惬意的事啊！这是文人的江湖。纵意笑傲，暖指丝弦。以笔墨为剑，留一片清明在人间。

我想，他在那时就已将魏晋的风骨狠狠留下。留在风中，转于今世。留在竹间，节气不息。

有些人死了，一无所记。有些人逝去，成为传奇。

摇花落酒，红铁冷锤。人间乐事，谁会一笑而过？这点滴早已成为美谈，有些落在纸上，有些暖了唇齿。

我喜欢这样的嵇康，面带桃色，神目温暖。在依依杨柳下，一锤一定音，动静皆自如。像电影中的慢放镜头，需要用醉意的眼神去看。若那时，有阳光落在他健美的身上，更让人沉醉。

动静皆生色。动是幽蓝，静是洁白。幽蓝若沿渺苍穹，深远高瞻。洁白若冬雪，盈盈沁凉。这是人们眼中性情卓绝的嵇康，他像一块移动的丰碑，萧萧如风般一步跨进尘世，以一己之力创造了一个坚守的传奇。他，一下子，让那个并不光亮的魏，显得生动飘逸了许多。

始终相信，每一种坚守都有它不为人知的寂寞。嵇康的寂寞在哪里？在他如流水的琴声中还是在他震动山林的长啸里？我找不出。

或许他不曾寂寞过，一个才华横溢的美男，一个在竹林吟诗作赋的才子，一个"采薇山阿，散发岩岫"的人，怎会寂寞？

"每一相思，辄千里命驾。"得友如此，还有什么值得遗憾的？可遗憾就掩藏在其中，正是这人，将他推到了命运的转折点上。

吕安，这千里命驾的友人，像蝶恋花般将友情渲染得让爱情失了颜色。在俗世中，他们将真纯的情义氤氲成彼此眼中挥之不去的烟云。

正是这烟云让侠义的嵇康去证明吕安的清白而身陷于危难之中。

故事的起因是，吕安的哥哥辱吕安之妻在先，却恶人先告状，编排了吕安不孝的罪名。于是，以孝治天下的司马昭把吕安绳之以法，本就隐忍痛失爱妻的吕安一怒将之揭发，邀嵇康做证。这本是无关痛痒的小事，但落在钟会的眼中，则是一个置人死地的机会。

精练有才辩的钟会，正值人生得意时，"乘肥衣轻，从者如云。"他早闻嵇康之大名，欣然前往与之相交。彼时，丰朗神俊的嵇康正与向秀一个鼓风、一个打铁忙得正欢。不曾正眼瞧过他，冷了脸更冷了心的钟会，没有想到世外淡泊的生活尽乎接近于神灵，不由悻悻然，欲拂袖而去。狂浪的嵇康微微冷笑，问："何所闻而来？何所见而去？"心种恨意的钟会对曰："闻所闻而来，见所见而去。"从此两人落下仇隙。

仔细想来，这仇生得陡然，都是尘世才子，本可把酒言情心生相惜，却一个站在高处，让另一个生了卑微的心。

司马昭这不辨是非、听信谣言的人，终是抵挡住山涛、阮籍等人的求情，将竹林中的美男送上了刑场。

嵇康一身白衣，目光清澈。他站在刑台上，越过三千拜倒在地的太学生，仿佛又看见了风动竹叶的美好，那是他一生中唯一柔软的地方。

在一片哭泣声中，这个带着清澈光亮的美男依然笑得天真率性，他想起不久前的一夜。

翠竹苍苍，一阵风起，萧萧之声让人去后的林子显得更空了，只有刘伶还醉卧在石上不曾醒来，将长衫脱下轻轻为他盖上。月光从竹叶间落下来，撒了一地的银。一切是那么不真实，仿若一梦。他心里有隐约的不安。狂放无羁的他怎会在意这些，踏月而去，背影伟岸，似人间神仙。

人间怎会有神仙？他不由笑了。啸越山川、声绕竹林的日子，一转眼成了梦，不复重来。

不复重来的还很多，俱往矣，去者去矣。

看眼前拜倒在地的太学生，明亮的天光下白茫茫的一片。不由兴起，高声索求古琴，《广陵散》便在他翻飞的手指下，"英声发越，采采粲粲。"

在命运面前，每个人都是它手中逃脱不出猎物。历史本就是挟着血腥滚滚而来的。但有些场景、有些声音、有些气度，是可以牢记一生的。

"康善谈理，又能属文，其高情远趣，率然玄远。"他笔下的一篇篇千古绝唱，从魏晋一路走来，像不死的蝴蝶，穿越季节的冷暖，将活生生的嵇康带了来。

有人从画中来，有人从文中来。神品自有神往，仙品更有仙住。

看他的《琴赋》，似乎能听到从遥远的地方传来袅袅琴声，像竹林中的风声，带着苍翠的生意。也许那便是一直活着的嵇康吧！

对他越熟悉就越相信，从竹林中飘出的《广陵散》更为动人，若是沾点月光，与神曲何异？

嵇康，一个优雅的铁匠，一个龙章凤姿的美男，他在所走过的路上，潇洒地留下了一地华丽的忧伤，将那段关于他的历史，漂染成一纸竹林般颜色。

第九卷 三月,揣着你的微笑漫步

春与清溪长

琅琊山脉有一条小溪，溪水清澈潺潺，仿佛没有穷尽的样子，特别惹人喜欢。在它的中段有一处泉，名曰，让泉。让泉北侧，隔溪而望，便是著名的"醉翁亭"。

极小时，进琅琊景区需要交费，平日里是不去的，只有学校组织春游时才得以成行。所以记忆中的琅琊清溪是与春有关的。

每次去，都会在溪边逗留看游鱼或者其他，且很是高兴，至于为什么，早已不再记得。

人在任何时候都有彼时的欢喜和忧伤，其中缘由，大多与经历和境遇有着千丝万缕的联系。

随着年龄的增长，渐渐明白事物的发展和际遇存在着因果关系。种瓜得瓜种豆得豆。即使日夜兼程，也无法一眼望尽余生。

一直喜欢春天，不是为了看桃红柳绿草长莺飞，而是体会处处皆在的生机。认为人在蓬勃茂盛的时光中，掬一捧溪水，洗去心中的铅华和妄念是多么好。

至于那些飞扬、沸腾、灼热、亲密的念想，依旧是种子，可以种在清溪之畔，与春共长。

没有谁能说得清春天路过了多少人，所有的从前只能是从前，犹如一江流水，再也回不到雪山源头。

在山谷浅坐，看风与衣角嬉戏，觉不出山气的凉薄，眼里只有草色的青翠和日光的清亮。

春光如此安静，猜不出日子为何总有颠簸？想问，却不知问谁。

有鸟声骤然落下，只是一声，如同电光，仿佛穿透林木、春天，以及漫长的未来。

不知谁在山顶呼喊，高亢的音色裹着喜悦，被风邮向远方，至于最后被谁收下，皆为缘分。

以极慢的步子沿着小溪一路向上，生出走进春天深处的错觉。溪边有嶙峋的山石和极窄且蜿蜒的小路，不晓得名字的花开在触目可及的地方，隐约透出清淡的香气。

"空山不见人，但闻人语响。"听着溪水的欢歌，以及不知身外某棵树下的路人，觉得人所谓的孤单都不过是拒人千里的借口，或者是不愿将自己的内心示人的懦弱。

这世上，没有谁是被这个世界所抛弃的，只有人在相互抛弃、厌倦或者流放。

纳兰说，相思相望不相亲，天为谁春？一个人有如此一腔湿淋淋的幽思怎还能好好地活着。痴情固然好，知情才是春。

真爱是蓓蕾，而"在一起"却要有清溪流长的智慧和心气。如同春是春、清溪是清溪一样，涌向彼此心田的潮水才是最美的幸福。

在日光西斜时抵达山顶，极目远望，山外青山楼外楼。对着天空，没有来由地想起泰戈尔的一句话，天空没有留下飞鸟的痕迹，但我已经飞过。

但我已经飞过，多么美。不去与昨日纠缠，眼里只有今日的好，一切顺其自然，但求问心无愧。

即使曾经亏欠，且在日后慢慢相还，不要忘记，一定要用微笑照亮彼此的亲密与疏离。

身边有株花树，是李或者桃，分辨不清，只是花已半落，却也极美。

看枝头幼嫩的青果，忽然想，春天也是有果实的，与那清溪同样流淌向明天，有着不问归处的洒脱和飘逸。

夕阳西下，云彩如染了胭脂，轻盈地游往暮色，如同走进轮回。

我站在山顶，望见隐在山谷中的醉翁亭，心中有春与溪水流过，长久不绝。

人面桃花

喜欢桃花，只因觉着它有几分像人思而不得的清愁。那些深红、洒金、淡粉、纯白如一场情事后带着色彩的愁绪。悠悠荡荡的，仿若有一丝凉在心间游走，欲逐，却不能。

人生总有挥之不去的怅惘，它生在那里，总也不老，如一树迎风的桃花，迎春而开，不惧薄凉。

它在山谷、坡上、水边，或庭院，开得灿烂。那一朵朵花，像一个个无忧无虑天真无邪的女子，与春天美丽邂逅，让时光有了一份别样的美好。

这女子或叫洒金，或叫千瓣，她们在风中微笑曼舞，那一张素净，或略着粉黛的脸，落了春色后更为水嫩妩媚。

相信每一朵桃花都是清若流水的。它在空寂微凉的春中夭夭灼灼，旁若无物，将水墨般的颜色给了春之初上，在那里落了一笔飘逸的烟色。

更相信每一朵桃花都是灵动飘逸的。它落入性灵的文字中，便让之有了隐约的幽香。"人间四月芳菲尽，山寺桃花始盛开。"翻看白居易的《大林寺桃花》，迎面扑来的便是它穿越时空的清香，让人不舍捻指翻过那美色的一页。"满树和娇烂漫红，万枝丹彩灼春融。"，这桃花啊，在那唐朝吴融的面前或许开得更为妖娆绚丽。

"若将人面比桃花，面自桃红花自美。"能写出这句子的人一定是诗意。人面比桃花，好一个相比。想那女子一定有张素净清美的粉脸，若再有一双无邪的眼睛，用星子般的光亮看过来，怎生不让人为之怦然心动。那桃花，便在心中，整树整树开放。

有人说，桃花可为媒，也可表情，更可将情字渲染得妩媚动人凄美哀绝。

与桃花有关的故事，大多是那些情切切意绵绵或扼腕叹息的情事，我喜欢得很少，故能记得的不多。

有一则是说崔护的。说他在某春日独自去城南踏青，在一所桃花环绕的庄宅前叩门求饮。有不施胭脂俏丽的女郎开门援之一饮，他一见这女子顿生爱慕之心。但毕竟萍水相逢，终不敢造次，却存之于心。来年再访，只见院如故而门紧闭，扣不得后，怅然若失，在门上题诗一首："去年今日此门中，人面桃花相映红。人面不知何处去，桃花依旧笑春风。"这崔护终究是个才子，有一挥而就的才情，岂料时不待我，缘起终有缘灭时。那"人面桃花"终会为人妇为人母。但这情思，却是芳香的，像那桃花，开时鲜美，落时缤纷。

另一则是说陆游的。说他在遇见表妹唐婉后，便将爱意深种。这一对郎情妾意的男女，终因世俗中的种种原因未能走到一起。但那曲《钗头凤》中的桃花却从此染上了几许郁郁不得的邪气。曾一度，我认为桃花在沈园中是染了泪的。有好几个春天，我眼睛中的桃花都是水淋淋的，像极了泪流玉面抑郁而死的唐婉，在雨中遥望日暖生烟的晴天。其实，人活到这份儿上已无了生趣，死或许是一种解脱。但我相信，死并不是真正解决问题的最好的途径。活着争取，或许更为有力。

"桃红复含宿雨，柳绿更带春烟。"王维把田园风光写得如此诗意，苏轼随笔勾勒的"竹外桃花三两枝，春江水暖鸭先知。"的景色与之相比也毫不逊色，都是令人流连的美景。想，在那落红成阵的桃林，或在那翠竹夹着几枝桃花下，与三两知己把酒笑谈："但愿老死花酒间，不愿鞠躬车马前。""花魂酿就桃花酒，君识花香皆有缘。"谈这样的诗，喝这样的酒，当是人生难得一遇的快事。

如果说这桃花映人面的快事，是动人的。那更为动人的，该是与桃花有些关联的传奇女子——李香君。她用姹紫嫣红的生命滴血染红一纸折扇，落成一簇桃花。那悲壮的民族气节岂止是动人，更让人敬仰。曾在烟柳中的女子能有这样一颗冰心，若我能赠之于玉壶，心会倍感欣喜。

有次与友人登画舫夜游秦淮，在那迷离的灯火与水声中，看水岸上的香君，竟有似曾相识的感觉。许是在这人面桃花前，我早已眯了眼睛。

一个人只眯了眼睛还是好的，就怕迷了心。桃花的开放终是积极的。做人又何尝不可在渐渐冷去的红尘中如花般活着。即使不能做另一个血成桃花的志士，也可做一个心有花骨的寒客。

灯下，看《桃花源记》，想这个"采菊东篱下，悠然见南山。"的隐士，究竟在怎样的心情下写出这不存人世的美境？落笔时，窗外的桃花会否开得正艳映红了他的脸颊？

入世只为散发芬芳，出世皆因落尽尘缘。愿意相信每个人都是带着芳香抵达这个尘世的。至于后来种种，则是性不同路有异。有些人粗陋，终将芳香落尽。有些人高洁，更为芳香逼人。

其实，世上大多人都渴望能寻得一处桃花源，像电影《天下无双》中的男女，与爱的人在桃花树下依偎。那时，大片大片的桃花在风中飞起。若有一吻，还有几片花瓣正好落在脸上，那美啊自是氤氲生了烟的。

这世上果真有桃花源吗？许是有的，只是我们不曾寻得。许是一个梦境，在心中久久盘桓，若那桃花，开它个一季又一季。仔细想想，人们所求的也不过是无争无执、祥和宁静的欢喜世界罢了。

"落红不是无情物，化作春泥更护花。"这是一个多情诗人眼中的桃花。他在看见美时，也看见了它零落成泥的未来。他是冷静的。有盛开，就有谢落。何需不舍？作一首诗来留念，也是好。

时光的车轮终究是滚滚向前的。它一路碾过往事，向另一个春天挺进。那些桃花，将会再次与某人重逢。

我却更为喜欢李白"桃花流水窅然去，别有天地非人间。"的洒脱与飘逸。

火焰的美

天空阴霾，有细细的雨，让原本有些清冷的温度，多了几分离愁的味道。

许是旧历年将尽，淋漓不腻薄而不冷的水意，更让熙攘的尘世烟火多了一份朦胧的美。

翻开新的日历，才知今天小寒，是内地区域变寒见冷的开始，心底隐约有细沙流动的声响。

从不讨厌严寒，深知每一个节气的存在都有道理，只是觉着时光流逝得有些迅疾。就像刚从风中嗅到一丝花香，转眼已花开到荼蘼。

时光啊！可否不要太快？很多事还来不及去做，很多故事还没有结局，很多人还在离散，很多情依旧被辜负。

我心里的火焰还穿行在时光的甬道中，试图看清刻画在壁上的字或者图，抑或在找寻另一朵自己。

一本旧书里说，每个人的心都是失散的，都是火焰，是照亮自己和指引他人前来的灯，以待相逢后融合成生命的种子。

对此言语，极为赞同，认为让一个人越来越纯粹的只有经历涅槃，才能还原成最初的模样。

人生若只如初见，多么凄婉的话，想来说出此话时，那人心里的火焰早已熄灭成灰烬，自己难免被世俗的命运所淹没了。

要相信生活总是在逐渐转好的，就像今天的腊八节，粥成了人们心中的柔软。回头去看，往事的种种不过是彼时的苦和乐，风雨过后总是天晴。

很多时候，我们要去看自己的内心，去看看那里火焰的美，才能获得坚韧和未来。

所以人还是明媚一些好，所谓的孤独不过是让自己沉沦的借口，就像香烟，不去点燃，就不会有缠绕的烟雾，将人熏染成暮气沉沉的路人。

尘世千回百转，各种各样的诱惑与场景交叠成世俗的现在，而人的每一个念想都是一簇小小的火焰，分分合合间将人织成现在的样子。明亮、阴郁、爱慕、贪婪、善良、丑恶以及面容等等。

一切都是自己亲手种下的，所以轻易不要改变了心的颜色，留一份赤红给自己是为了让那个人能认出你。

欣赏一种乔木，它最美的样子便是红红如火时。若满山皆是，那就更美了，风一来，烈烈夺目如火焰，可以烧到人的心里去。

一直觉得枫树是神赐予我们的另一种火焰，以别样的方式告诉我们，给以青翠就要盎然，许以时光还回灿烂。

所以不要惧怕时光赋予我们的一切，即使眼前愁苦，也要平静地活着，努力过好每一天，别让心里的火熄灭了，它是一种呼唤，只为等到我们所找寻的那个人来。

时光的美在于让人在灼热与凉薄间辗转，它不论是非，至于谁能获得多少启迪和停留在哪个温度，属于个人的智慧与缘分。

纪弓鱼说，人生是需要经营的，世上没有不劳而获的事情。每一种火焰都是美的，千万别将自己烧毁。

窗外依旧细雨纷飞，如同运气，至于落在谁的身上，不去问，也不想知道，每个人都有自己的命运，唯愿只做自己。

极目远望，尘世的灯火如同星星，遍布在每一个角落，不显突兀，极为美。

我静静地收起书本，看一枚枫叶从中轻轻落下，心有所动。

岁月不暮

好久没有这般安稳地坐在桌前，翻阅手上已经发黄的书卷，窗外暮色四合，有若隐若现的雾气，空气清凉而不黏稠。

一本书从青年读到中年，也不厌倦。像深爱一个人，不会随着时间的远去而忘记，那人如同生在心口的朱砂痣，一直炫目艳丽。

人与人之间最难得是有默契，一个眼神就知道彼此内心话语，即使无声也如一朵朵花开，照亮的不仅仅是存在，还有活着的细枝末节和心中的春天。

雪莱说，冬天来了，春天还会远吗？多么美好的念想，一个人只有看到光明才不会被身边的黑暗所左右。

我深信，岁月不暮，它将一直存在，我们会不停地在轮回路上相逢，所以无论我们身处何地，都要相信岁月给予的，都是最好的，包括遇见和别离。

这一生最怕别离，两个人于万千人中相聚多么不易，若是只因一点瑕疵便失散了，多么让人痛惜。即使多年后再次遇见，面目早已全非，彼此只能成为熟悉的陌生人。

暮色渐浓，雾气冉冉，远山依旧苍翠，近水倒映着风景，城市仿佛即将成为仙境。

小城自从限制燃放爆竹，满地的红色纸屑已然不见，不见的还有热闹的鞭炮声，心里总觉得空落落的，仿佛属于中国的好日子在渐行渐远。

年少时，最喜欢年末的时光，扔几支燃着的鞭炮，风中便有了飞舞如同踏空而来的红色精灵，心里有满满的欢喜。

随着年龄的增长对老祖宗留下来的风俗越发喜爱，只是岁月清脆，有些人心却已现暮声。

放下书，静静地听钟摆的声响，闭上眼睛想触摸时光的温度，指尖隐约有轻微的律动。

这轻微的律动里会否有秘密？睁开眼睛，一切还在，没有梦境，书还停在翻开的那一页。

一直想知道在时光的深处藏着怎样的秘密，深信世间的一切皆由那里涌动而出。包括故事、缘分、热烈、沸腾、冷静以及沉默。

白居易说：无论海角与天涯，大抵心安是家。不知为什么，在我心中总有一个故乡存在，是今生无法抵达的去处。

看关于霍金的文字，有一篇文章，大约的意思是地球有可能是囚笼，我们的先辈曾是被放逐过来的囚犯。极为心惊，若真如此，那我们的世界之外会否岁月更为长久？天会不会很蓝，水会不会很甜，我会不会一直和你在一起？

果真如此，那正好印证了岁月不暮的真实。原来所有的一切不是梦境，而是轮回，是你我需要经过的十世百世，我们在其中沉浮，相聚离散痛苦欢喜，都是为了洗刷我们的罪恶和将来更好地在一起。

耳边传来幽婉的歌，仔细辨听，是林夕的《奇迹》，天爱上地，不会完全凭运气。这一刻春光明媚，差点不忍记起。

一直欣赏林夕，不仅仅是他的词，更有他的深情和坚韧。做人谁没有哀伤过，只有心中怀藏明媚的人，才会感受到世界的善意与美好，才不会被世俗所吞没。

不要在乎得有没有，所有的经历都是得到，都是岁月翅膀上的风，为了带我们去远方，或者心中的故乡。

暮色退去夜色来临，潮汐般冲刷着人世，我静静地坐着，不去思想，等一盏盏人间的灯火亮起。

光明与黑暗如同人的眼睛，一只是为了看清明亮下的美好，一只是为了看懂夜色里的哲理。

街灯一盏盏亮起来，色彩纷呈，如同花朵。在光与暗中，我如日渐饱满的种子，等待春天。

阿司匹林

　　细雨霏霏，在这个好似梦境的六月午后，凉风将我捻在指尖的往事吹落，以及远去如云朵的光阴。

　　细水一的样光阴流淌向无尽的深处。时光擦过我的衣角，丢下婆娑风声如同佛语。

　　在如璧玉的微光中，潮湿打开我记忆的门楣。一纸窗花早已破旧，如某个字句。想不出最好的句子，只好静静地任它花开花落。

　　原本的初心依旧还在，只是说好的不离不弃果已沉睡？我掂着其中温度慢慢思量，心中有雨与外界连成一片。

　　这世上，是否以前说过永不分离的人，都已流落天涯，成为彼此生命的过客，至于前世的尘今世的风，已在天意的钟声中碎裂开去，落成无数的因果，有些甚至长成青苔，在寺院的门前聆听诵经的声响。

　　究竟谁能在生命的转轮上看穿缘分的玄机，破解去因此而起的疼痛？极想知道，可无人为我作答，只好左手握着年华右手端着忧伤，将横斜的光影推送。

　　在一片水声中，看浮萍随风。两岸垂柳烟黄若熏，欲图寂静。镜子一样的湖，被雨淋成无数的伤，似乎还有轻轻地呼唤。

　　我坐一处岸上，就此听得一片月光，是它将心底的旧疾照亮。在时光面前，原以为因命运而起的伤口早已落痂如新，其实也不过是薄的现在将那些掩埋，并不曾真正伤愈。

　　所以相信，不是每一只蝴蝶都拥有美丽翅膀，在暗香流动的春天扶风而舞，将浮尘抛却，红尘中还有今生约定来生的句子等待轮回。

　　浩荡的尘世，大多数人不过是浅水的游鱼，在阳光转折间将梦想掷出水面。或愿驾舟西游，去梵天净土。或喜撑船东渡，看柳浪烟花。却不知道在心灵的最深处还有一个人光鲜存在，等待接引。

人一生能完满地活成一朵花，把想得到的种种都全数得到，且能极早地与爱的人重逢属于机缘，是前世的因修成了今生的果。

其实，机缘未必解得风情。众多的变故与起落好似埋伏在滚滚红尘的鬼客，以获取别人的眼泪为乐。只有一心修行的人才能获得最好的今生。

我投一枚石子，在如镜水面上惹起无数波纹。波纹若深渊，像世上无数的缘分。找不出是哪一条属于我的，只好静静地等。

走在一条巷子的深处，看一株依着光影的槐树，在细雨中，叶子上缀满了水珠，如同一个个晶亮的神话。

一直以为神话是为了点化某人才来平淡世间的，所以世上才有那么多的诗情画意和山长水远。

我不太钟情神话，但相信它是一剂药，可以让人放飞蛰伏在内心的伤痛去向未来。就像握在掌心的时光不会了解一片阿司匹林的禅意。生与止，无非是让其懂得距离。

于丹说：最恰当的距离是彼此互不伤害，又能保持温暖。所以，忍受不了平淡，就无法在尘世打坐中领会佛心。

相信所有的草长莺飞都有自己的春天。就像我在路上等你，而你恰好路过，于是我拾得那些细碎的往事在其中去找与你的缘分。

我裹着单衣，在尘世的流光碎影中驱逐风寒。在这个四月的开始，身外是深深的倒春寒。

恰好的温度不会有疼痛。适当的距离才有美。如水墨的江南，在画上氤氲成烟。

相信不是所有的疼痛都可以用药医治的，不是所有的烟火都要用药来平复，就像不是所有的语言都一定要用嘴来说。一个眼神、一个表情，相知的人自会明了。何我一句句去解释？

没有谁是谁的救世良药，两个人在一起都是为了寻求温暖。慧根深种的人会在拥抱的温暖被现实吹散前起身。

真正的感情不是埋怨,而是宽容不怨恨。请明白一瓣花不可能永远春天,终要随风落地零落成泥。在平淡时光中,你的左手可否握着我的左手,让年华温暖?

　　但愿我们都能在尘世保持心灵的慈悲与纯净,用平和的心医治生命的疼痛与风寒,理解一片药的苦心。

　　——阿司匹林。

三月，揣着你的微笑漫步

三月，像一阕青词的上阕，让人醉在深幽的意境里不知回返。

繁华重又开始，尘世又一法轮缓缓转动。

紫陌红尘，时光总是像水一样波澜不惊地流淌着，越过无数个二月，带着肉眼可见浅表的疼痛一路流过，谁也不知道它内里还发生过多少不为人知的惊心动魄。

就像我们无法洞悉明天一样，只能在经历后，回转头去，才会发现生命里那些丝丝缕缕的疼痛与哀愁，原是早年无意种下的因果，在记忆里茂密。

就像不知多年后，我能否还记得你的微笑一样，那从心底涌起甜蜜与忧伤，是否已无关爱情。

经历红尘，谁不曾有过再也无法跨过今天的痛楚，就仿佛二月已是尽头，三月不会再来一样，我们痛心疾首。可三月终还是来了，谁能挡住季节的来去呢？于是，在桃花满山的春谷，拈花微笑，怀揣着对生命的憧憬重新上路，身后，灿烂的阳光满天满地。

轻浅的三月，像披着羽衣的仙女，踩着轻盈的步子抵达人间，仿若那空房里的九弦琴，弦无声，音却起。

一如你的微笑，我用心血去临摹，画在佛的经文里。吹纸为禅，抚纸为释。

风翻过桌上的书页，那些黑色的字就像皈依的修行者，了却了尘世的因缘，在纸张上安静地随着光阴成为典故。

佛说：前世的五百次回眸，才能换得今生相视一笑。

我不知道前世你我究竟有过怎样的纠葛，我是否有过五百次的回眸，而某个回眸里，你是否会在如今天一样美妙的三月，于一树的桃花之畔对我微笑？

一切像梦，不愿醒来。只愿能在梦中相遇化身为蝶的庄周，向他追问，人之道的所在。

似水流年，忧而自忧，安而自安。可我知道，一切因你而起，又怎能唯心独描，如是我闻呢？

阳光洒满西窗，一束投进杯里，顿使清水幻成琥珀。

窗台上，一盆花卉正在绽放，暗香浮沉。整个空间安静地可以听见心的舞蹈，一切好像就该如此发展开去，既是因又是果。

就像你我相遇一样，越过繁华盛世，没有先后，同时抵达，然后相视一笑，那从心间漫上来的笑像一朵花蕾，一瓣瓣绽开，隐约传来开放的声响叩击心灵。

可一切都有命数。

既然注定微笑是花蕾，那开放的背后岂能不是凋落。于是，我们终于错过，就像那小巷、细雨、油纸伞一样，你我在尘世的画卷里走过。烟雨江南，某处，那巷子、那朱门还在，只是颜色已然暗淡，昭示着繁华后的落寞。

我不想流泪也不需要流泪，因为花败后，花瓣已在这美好的三月从容落地，随之落地的还有我的忧伤与甜蜜。

于是，我用感恩的心将它们一一拾起，装进记忆的香囊，揣在心底，在尘世悠然漫步。

月无声地来了，清朗的光辉像水一样流淌着，带着神秘的音律汩汩漫过我的心灵。

于是，我看见地上的影子在微笑，在这个充满色彩的三月，我仿若走进了书里，只因你的微笑在前面牵引。

于是，我笑着，打开心中的香囊，放出你的微笑，我们一起看光阴流泻、花瓣从容落地。身外，那些过往的时光，不紧不慢自成风景。

三月，草长莺飞，微风习习。

红尘紫陌，握一本关于生命的书，微笑着翻过一页又一页。

就这样，我揣着你的微笑漫步，蹚过一个又一个春深的流年。

时光如经卷

阳光明亮，像许久不曾走动的挚友从远方来，只一眼，心上便着了欢喜。天上人间，这样的好不是日日可见。

明媚向来用以照亮人心，至于忧愁只会让人心辗转。如果可以，唯愿人心皆已明媚。

和煦的微风从南方来，夹杂着水的意味以及栀子花的香。我坐在一株树下，静静看河水东流，不为等谁。

始终觉得等是一个充满意蕴的字，在时光的经卷上，无论我们如何念诵，到最后能否破茧成蝶实属缘分，所以从不翘首以盼，只愿静默相向。

两个人，心是近的，天涯不过咫尺。反之亦然，心若远了，咫尺也是天涯。

这是流水清澈的小河，有青色的鱼儿游弋其间，以及在水底摇曳的水草和岸边仿若伊人的芦苇。

我在这一岸临水而望，彼岸林木葱茏，像人间的市集，透出勃勃生机。原来这是六月的某天，五月已花开到荼蘼。

时光早已悄然走过，我总是这般后知后觉，世事如若可以停滞，等到醒悟的人前来纠错，有多么好。

纪弓鱼说，如果宇宙是座书院，而时光不过是一本经卷，藏着生死转换的天机。

若真是如此，我会住在经卷的哪一页，与谁比邻而居？

树声如诉，我安静地看着亮灿灿的光线浮游如蝴蝶。这是多么美好的存在，恰如刚好，没有预演，没有伪饰，所有的生息像来自佛殿。

喜欢这样没有牵绊与缠绕的存在，可以望见内心散发出来的明亮，以及与天地自然无别的同在。

仔细想来，一个人若在任何地方都能自如存在，不躁不急，其内心一定拥有化繁为简的宁静力量。

由此可见，人不能在心里对生命以及自己失去信心与想象，精神力不在了，最多是流俗的龙套，不会拥有与世界的对白。

一个人若失去对话的力量，修行对其来说如同虚设。人行走于自然，所获得的力量与智慧不会相同，这需要福泽与悟性为指引。

认为修行是与生俱来的自然，人为的山水最多是摹本，缺少内在的生机。

一直相信人只有在时光里存在，才有机会去经历人生，去体会生命的苦痛与快乐，才能丰富自己，才能寻找到属于自己的位置和那个相濡以沫的人。

极不赞同不能相濡以沫那就相忘江湖的言论，如果真是如此决绝，只能说明没有真爱。

从不以为自己在世界之外，一直深信幽居在时光的某个字里，至于会被谁人读起，不会在意，天若有知，定会派你前来。

山谷若微微卷起的书页，里面住满了生机盎然的生灵，远处仿佛有钟声从寺院飘来。

一只彩色的蝶停在不远处的花上，若静静等候一声深情的呼唤，只是没有梵唱没有梁祝，也没有另一只蝶。

也没有兔子，没有樵夫，也没有渔歌，只有时光在静静走过，还有落在地上信守沉默是金的字句。

有鸟仿佛听懂了时光的隐语，从芦苇的深处振翅飞远，丢下一句模棱两可的声音，我在树下琢磨指上捻着的佛句。

风中栀子花的香味若某人的言语，我想不起在哪一年曾与之相遇。

有些事，谁也说不清。爱只一个字，在时光里沉浮，至于会进入谁的梦里与谁结缘，属于天意。

云在天上，风在身外，我用一颗心将灵魂安顿在如经卷的时光里，静静呼吸。

川流不息

阳光清亮，若一支长调，流转于尘世，照看世间种种，仿佛不为所动，却又让人从心底生出悲喜。

没有风路过我的窗子，书被看倦了般躺在桌上，外面是尘世紧紧慢慢高高低低的声响。

坐在光线浮动的木椅上，心里没来由地流过一株树的年华，以及葱茏绿色和滚动其上的晶莹露珠。

长假将尽，想不起都做了些什么，日子一如平常，平缓流过。隐约记着大概是聚了的，也许还说了故事，只不过那些片段与言语去了哪里无从知晓。

去看一个人，在深长的巷子路过一只猫的眼睛，身边有十月的风带着菊花的香，角落里一簇暗绿的苔藓，在斑驳墙壁上呼吸着幽凉。

走上一条逼仄的人行道，身后居然响起久违的自行车丁零零的清脆声响。是凤凰、永久，26寸还是28寸的轮子？

禁不住想问，那一年，父亲用计划票买回的凤凰，今天飞去了哪里？看着那老旧的自行车摇晃着远去，仿佛看见自己一跌一撞学车的影子追随其后。

追随其后的还有过往，像溪流，淌过心中的山峦、树、诗、画、酒，还有那一个个如小令的故事，当时只道是寻常，不懂将之书写成词，现在已是无法落墨。究竟是回不去还是来不及，或者我们已经适应了时光、情感与人的川流不息？

走过一排老旧的建筑，似乎能够闻见其中飘散着腐朽的味道，突然有站在山谷前，面对还缀着几朵飘摇白花的梨树，不知该说什么好的感觉，好似时光流淌到了这里，此刻与我却是那么的远。

不是不愿面对残破的过去，没有经历，人就不会有更幽静的心，只是觉得即使错了，惩罚自己的方式不是折磨，而是进取，应该用最大的勇敢与努力让生命越活越精彩。

驱不走天空的阴霾，就永远看不见蓝天、云朵，以及清亮光线和随之生动的风景。

在一面围墙上看见攀缘其间的爬墙虎，有几朵牵牛花像小小的蓝色火焰照亮了这面秋天的墙壁，让人有移步长夏的错觉。

想不起谁说过，秋天是真的，那些稻田黄了、柿子红了，以及一些不知名成熟的果实，它们像舟子推着季节的船走过村庄一样的尘间。

想来他说得不错，如果将时光推回去，我们都是生活在村庄中的孩子，没有柳、没有酒、没有麻雀与木马，依旧会有快乐的童年。

只是不知在小伙伴黄发上的小花，可否一直开到江南去，落成一江烟雨，罩着川流不息的人，渔舟、蓑衣、桨声和小桥。

想起曾有一个夜晚，坐在寒山寺门前的石桥上，月白风清水声越越，让人入坠梦境，好似可以看见盛唐般触觉无限伸展，听觉如若走马，一路急行，恍如水上沉沙，一粒粒带着声响，不停不息。

只是，用一句被很多人说了无数次的话，我们再也回不去了。其实，在时光与走过面前，谁都是其绝崖下的看客，没有路径可以攀登。所以，有些遗憾，本身不是错的，错的是在选择时，忘记了方向和自我。没有方向只会耗空精力，没有自我永远不会知道成功和生命的魅力所在。

站在偌大的广场上，看奔跑的孩子、老人，以及起起落落的鸽子和喷泉。时光、风语、水声、音乐、嬉笑、往事，像过滤浮华般在安静流过。

清澈的天空寂静无声，像孩童的眼睛却看着世间川流不息的生命与机缘。我注目天空，希望能在其中找到无怨无悔安静归去的路，以及世间生生不息的快乐与欢喜。

爱,若隐若现

爱像一根水草,在光阴的河流里摇曳,随之而动的水痕,波一波蔓延向心。

你问,冬天的河水为什么比夏天的你干净。我想不到让你满意的答案,只有微笑。你总是会问我很多问题,而大多我都答不上。我想,也许女人问男人问题,有时是不需要答案的。

走在人来人往的大街,与一些人目光交会,在那些游移不定的眼神里,我读不懂别人的世界。于是,彼此没有表情的错身而过,走各自的路。

繁华的盛世,车流如潮的街头,总有一个路口,绿灯在等待红灯,一群人在那里站立。

风,像精灵一样在阳光灿烂的天空下飞舞。我看见我们的影子相依而立。

你拉着我手说,我们好多的时光就在这些等待里远去了。我看了看素面朝天的你,手不由紧握了一下。心,隐约有些许疼痛。

高矮不一的大楼在天空下,像一个个孤独的孩子在仰望家的方向。

远方定格于目光穷尽的地方。

你说,人为什么活着。我答,也许人是为了不同的爱,在永不停息的时光里忙着给予或回馈。

你看了看我,若有所思。我转过目光,看见从身边经过的窈窕女子,眉目里隐约有你的影子。我笑了笑。想,也许这世界,你爱着谁,就会有很多人像她。

一个卖花的女孩站到面前,向我微笑,我明白她的意思,摇了摇头。

篮子里的玫瑰、娇艳若滴。

你说，我不喜欢玫瑰，但你可以买一朵送我，女人大多喜欢男人送些小礼物，其实，她们有时就这么一点点虚荣。我转头去找女孩。花香隐约，人已无踪。阳光下，人的影子在地上跳舞。

我若有所失。你说，算了，男人就这样，对自己的女人最浅的爱都很吝惜，而这女人还在日子里寻找男人丢下的那些若隐若现的爱。

我的脸瞬间红了，心底里涌上些许苦涩。我不知道男人与女人之间究竟应该用怎样的方式去相互生存、相互怜惜、相互支撑、相互爱。有些时候，男人似乎有些博爱，但女人是否知道那些纠葛里的或多或少的无奈呢？

站在街头，忽然想起一句话，每个世界的开始与结束都是因果。我不知道这因果究竟来源于何处，是对还是错，但我知道有很多人陷入其中不能自拔。

不知道是风的无端，还是发的凌乱，在商店的橱窗里，我看见头发竖立、略显狼狈的自己。

光阴在阳光起落间远行，明与暗的交替里，我们岁岁年年。

十年，一个漫长似又短暂的相识。我们究竟要走向何方、归于何处？

沾染了轻寒的空气，以呼吸的方式刺激神经。一些莫名其妙的念想，此起彼伏。

你伸手拉过我的手，穿过路口。温暖从掌间开始向心入侵。

你说，当思念成为一种习惯，那已经不再是思念，而是一种对距离的臣服。

是的。我们都不曾想去改变，我们都已习惯了对方。习惯，一个有些可怕的词。

在人世的潮汐里，谁不曾向往岸上悠闲的风声，还有盛开于季节的花朵。它们都是我们大大小小的虚荣。一如你与我，那些已平淡，还如月般若隐若现的爱。

街灯一盏一盏亮起来，向目光深入伸展。光影里，地上两个并肩的影子，相依而行、没有交谈。

不知觉里进入夜的世界，那些绰约的光影随处可见，像一场盛开的花事，无谁胜出。

动身前，曾告诉自己别忘了看夕阳。可还是忘了，像忘记很多从生命里走过的人一样。那些曾经交织的友爱与情感，在记忆里像夜空里的星辰、若隐若现。一如那些过去的爱与被爱。

夜像一条光阴河里的暗流，淌过泥沙漫过水草，向梦的世界奔赴而去。

你站在一盏灯下，说，今晚没有月亮，但星星很多。我回味你的话，知道你想说什么。

一场爱情的结局，无非两种，也就离合两个字。而其间的滋味，只有经历者能品尝得出。就像一盏茶，我们在书本里怎么理解都可以，但滋味却必须去亲身体会。

我不能说自己是月亮，也不能说自己是星星。有些东西弄得太明白，有时就失去了原有的美丽。就像两个人的爱，可以是一瞬，也可以是永生。

佛说：生息于天地，慧在其中。万法无别，入者为禅。

想想，大多的时候人都是身入其中的，但佛性却不自知。如果每个人都能在若隐若现的禅机里慧悟，那么，爱与被爱的意义在生命里将会是怎样的一种美丽啊？！

星星在夜空里闪烁，像生命里的记忆，光辉明亮与暗哑交织、在遥远里等待采摘与拂拭，一如蒙了尘埃的心灵。

常常看那些在白色纸张里的爱情故事，却不去翻看那最后几张，因为实在不想知道最后究竟谁厌弃了谁，谁离开了谁。

有薄薄的雾袅袅而起，在林立的楼群间缭绕，像纱，却缠不住什么。

你说，起雾了，看见了吗？我说，我喜欢有些东西若隐若现的，有时朦胧，才是一支生花的笔。

你搂过我的腰，问，你爱我吗？灯光下，你眼睛里有别样的东西。我点点头。你又问，十年长吗？我说不长，铁树开花何止十年。你轻轻地笑了。

路在脚下，步履移动间，尘缘的丝绦随身而舞。

你说，我想唱歌。我说，想唱就唱。

歌声起。爱了就爱了、别再自我惩罚、做了就做了……

雾轻轻地飞舞，飘过你的发我的指间。我拥住你，任歌声在夜的空间弥漫。

眼睛里，爱，若隐若现。

日子很静

阳光干净的午后,闲来无事,去河边看鱼。年少时,最喜欢一个人坐在水边,看河里游动的鱼,隔水为朋互不相扰,虽是不同处境,却也相安,仿佛相知。

这是人和物与世界的默契,相互存在相互支撑构建起的家园,里面住满了无数的子民。

河还是那条河,不知是不是日子远了的缘故,水变得浑浊了许多,若迟暮的眼神,里面飘着各种线索。找不出,我活在哪条线索中,几时得以领会生的真义。

起起落落的麻雀在岸上追逐打闹着,有如身处春天般快乐。清脆的对话,像书上的长短句,情意悠长。

薄薄的凉若水衣,无风自动。天空犹如连接到了水底,日子安静不语像路人般听河流说着往事。水声轻缓,似纸上深深浅浅的词句。我在岸上,看浮光中来来去去的影子。

寂静的水岸,像飘着幽香的小径,试图要把我带回许多年前去一般,意图分明。往事在心底翻滚,声响激越。

有时觉得往事,像在神在月下纺纱,转动的声响搅动时光的同时也流进了人的骨骼中,住在那里越久越响,甚至还会开出花来。

波光潋滟的河面倒映出一群南飞的大雁,它们像从这一本书到那一本书里赴约般,将时光染醉。

我在水边若听一场只能意会的宫商角徵羽,心上的绢扇一下下扇动,想要把落在日子上的灰尘扇去般执着。

生死契阔,与子成说。大约是这世上最执着的等待与相与。若朝露染了暮色，依旧停在荷叶上不动不摇。

在风尘中不动不摇的感情，如一面薄如蝉翼的石镜，照出了人间的传奇，因为经过日子的打磨，石头也会具有慧心。

忽然想起一本书里的对话。你不是会唱歌的鸟，为什么能在时光里吐气如兰？这是一个盛装女人问另一个素衣女子的话，后者轻轻地回答，请你安静，日子是朝花夕拾。

一个人能在时光中安然存在，自我丰茂，大约不仅仅是拥有一颗玲珑心，更该是拥有如何将光阴捻在指上念念成禅的智慧。

看倒映在水中的云，若十月里开了的朵朵棉花，上面依稀坐着等待浣纱的西施，若有酒，愿和她不醉不归。

风若故人，从他乡来，衣袂上还缀着越声软语。不用问，也知道，年少的桥、听过的戏、照过的灯、路过的人都在其中。

摊开手掌，发觉指上跳动的日光越发白也越发静，像从心里开出的花，可以闻见栀子的香。不禁想起那句——请你安静，日子是朝花夕拾。

有鱼跃出水面，惹出一圈圈涟漪，像饮了一杯酒后的微醺，飘飘荡荡，不问归处。

日子如此安静，年华何须相问，细细珍惜与把握，就已足够。

天青蓝

眼见着就立了冬,好像只是转了个念头,浓夏便薄了再薄,经风一吹,连心底的凉都成了霜。

阳光像一朵明黄的花在灿烂开放,喜欢这样的晴朗,若又遇见那个人,彼此笑着路过,即使不说话,也觉着日子安稳。

一个人若日日平静存在,需要修炼多长时间才可达到?会否像终于看见心底的花在静静盛开,而目露慈悲?

一向不喜欢冬天,自小怕冷,虽知道会有雪造访,那也只是心头的小欢喜,若拿它和天青蓝的苍穹相比,会更喜欢后者。

私下认为,落雪若锦上添花,而蓝天才是书写生命的画卷,能行走其间,才是人的大欢喜。

生虽是寻常,却只可感激,就像日子一向清秀,还要有不泯的慧心,才能把它过成丰美的存在。

也许在这世上存在的每个人都有一颗拈花微笑的心,大约就是有了这样的心,才会在自己的遇见里生出那么多的甜蜜与哀愁吧?!

书上说,遇见本身并无悬念,有故事的还是那颗寻找契合的心。这句话大约是说,心才是一切故事与色彩的源头,我可否理解为,喜欢才是照亮生命的灯火?

一向认为喜欢就如同走过深巷,路过苔藓也能看出它的鲜美,即使落叶停在肩上也当它是想和自己说话的鸽子,若行到会心处,更可席地而坐,看花落如雨。

其实,这是理想的境界,不是人人都可抵达,就像所有的遇见都需要缘分,每一步落脚,都有深意。

日子的深意离不开色彩与深入，就像钟情某种颜色，沉入其中才会知道为什么喜欢。

　　只是生命里，有些喜欢却是生得陡然，且没有理由，执着顽固还容不得他人质疑，就像爱上一个人，好似那个人就是他生命的一部分，缺失了，就不再完整。

　　爱到深处不会需要理由，因为理由本身就是一种粉饰，并不能代表事物的本质，当一切外在的言语都是多余时，心才是洞悉所有的眼睛。

　　也不是说所有的粉饰都是多余，例如女人化妆，就是件美妙的事，也或者如画画，端是能画美好来。

　　就说画画吧，寻一绢布或几尺纸，将想用的颜彩与言语调和好，然后一笔落下，风烟顿起，且不问它红蓝黑白。

　　曾有一日，与朋友谈论颜色，问我为什么喜欢天青蓝，我笑而不答。后来他又追问，是不是在蓝色颜料油里，其他蓝色颜料都会褪色，唯独它不会。

　　其实，他只答对一半。承认自己喜欢恒久的东西，一如情感，以及其他。因为明白在迅疾如风的时光面前，一切都会被其带走，所以珍惜存在的光阴，希望能缀在它的衣角上，与爱的人一起老去。

　　至于对它的另一半喜欢，要追溯到年少时某个新年的早晨，母亲像变魔术般从柜子里拿出一件天青蓝的棉衣。还记得，初见那一眼的蓝，若看到了一簇火焰，从心底涌上的欢喜，让我觉得背上生出了翅膀，随时可以捧着那一簇火飞向天宇。

　　曾私下将众多的蓝拿来比较，从画和音乐以及其他中理解了它的丰厚，越发喜欢它不厚不薄不淡不浅不俗不骄的宁静深远的气息，就像面对深幽的山谷，却能听见它此彼起伏的潮声。

　　后来又细细追问自己，大约还是因为它贯穿了我最初的年华，若不是那一件温暖的棉衣亮了童年，它又如何能轻易穿透我对色彩的审美。

　　人就这样奇怪，会被某一件在别人眼里很微小的事情所影响，甚至一生与之纠缠，会当它是不离不弃的情侣，即使独自悲欢。

明亮的阳光从窗外照进来，落在书上，我抚摸着它天青蓝的封面，想，假如人生是一株树，也许有些细节、言语与事件就是攀爬其上的菟丝草，会与之同生同灭，甚至还会和坐在树下看风景的兔子说，生命啊，就是天青蓝。

生命啊，就是天青蓝。我微笑着将这句话收进心底。窗外有鸽子静静飞过。

瞬间菩提

　　飞鸟掠过夜空,翅膀间的风传递出低回婉转的曲子,细微的声响犹如梵唱,轻轻流进我的心底。

　　月在树梢上逗留,清辉斑斓如烟如歌,让夜更显柔媚诡异。在灯火之外所有的色彩已然沉寂,只有心跳在单调地和着虫鸣。

　　忽然想到一个词,瞬间。黑暗的空间依稀看见它在无限交叠和伸展。环顾四下,灯残书倦。猛然醒悟,原来世间所有的生灵都是被包裹在其间的种子,在梦想之外,机缘大多暗定。

　　原先一直认为时间只是一涧流水,我一定是飞在其上的蜻蜓,也能在流淌的水面点起一圈圈涟漪,扩大属于我的美丽。随着年龄的增长,渐渐明白,我的翅膀还无力将时间驱逐出去,所获得的人生还很少。

　　静悄悄的夜,仿佛如神的撒下的网,带着湿漉漉的水气,浮动着淡淡的草木味道。

　　轻轻地翻动书页,怕惊动了谁般,逐字逐句地读,一行行字像在庆祝永恒般舞蹈。

　　诗人说,永恒只能是一个假象,无论它在烟雨红尘中,有多少人为之歌舞和垂泪,都不过是一厢情愿的作为。

　　这世上,有太多的一厢情愿,但大多人都会在事实面前铩羽而归,只有少数人固执到底,最后害人害己。

　　人活着,就要懂得如何面对生活和学会平静,因为我们都在匆匆老去,只有无怨无悔,才能获得生的安稳和死时的平静。

　　过于纠缠,会失去原有的欢喜。如果不能放出光彩,安心做一株草逢春而绿也是一种美。

人生短暂，每个瞬间都值得我们去珍惜，相遇、花开、流水、朝阳，我们能碰见就是缘分，因为时间给我们的并不多。

谁都知道时间在三维空间无法扭曲，想跨越时空注定是个悲剧，只是恋恋风尘，我还是宁愿相信某个瞬间会与你相遇，哪怕只是交错的瞬间。

瞬间，可人生能有多少个瞬间？瞬间，可以花开花落潮起潮退。瞬间，可以人来人往缘聚缘灭。瞬间，也可是菩提让我开悟。

站在十字路口，能感觉到每个方向都有力量在牵引。轻轻地感叹，不是害怕，而是茫然。没有谁知道去向哪一个方向才是对的，只有在迈步之后，经历过漫长的路途才能揭晓结果。

你说："爱的感觉让人醉，拥抱的瞬间，心灵撞击的火花绚烂无比。"我笑，爱注定是人生命的春天，所以才有那么多的人去追随和期待，只是有谁能在对的时间遇见对的人，哪怕一瞬也好？

十年生死两茫茫，不思量自难忘。连慧根深种的苏轼都如此感慨，可见尘世的每一瞬从来都不以个人意志为转移。

既然世间没有万古不灭的你我，那么我们注定会在某个瞬间被带远方，最终在轮回的大道上擦肩而过。不是忘记，而是让彼此不苦不恨的祝福与洒脱。

一骑绝尘的洒脱，逃离不去日月风雨的追随。走过以后才知道，人生就是慢慢品味的过程，味蕾敏锐就会瞬间判定明暗和聚离。

如果不能给予最好的美丽，不如彼此相安，共同修行，以待重逢在某棵菩提树下，瞬间将对方记起。

有风南来，掀起衣袂。我看见叶子离开大树，飘飘若蝶，猜不出它们在分离的瞬间说了什么。或许它们什么也没说，该说的，早已彼此心领神会。

那么，在尘世之上，我何时才能寻到开悟的菩提，它将会在哪个瞬间来临，我又会在哪有一个轮回与你真正地相逢，不再分离？

极为期待，不惊不急。

后记

十年踪迹十年心

在这春深的寂静午后，窗外有婆娑的花雨随风而落，以及尘世的声响此彼起伏，喜欢如此生机盎然的时光，似乎所有的来去都是最好的安排。包括遇见、存在、等候、书写等等与我生命有关的种种。

对于我的书写而言，是从最初写信开始的，那时将字句反复排列，用以表达身处青涩年华时的所想所见，以及对一些风物的描写。

后来经过生活的波折，心中需要倾诉的东西越发地多了，才逐渐形成现在这样的随笔形式。苏轼说，十年踪迹十年心。整整十年，那些散碎的文字中记录了许多彼时的想法与观点，有时回头去看，报以微笑，却甚少去动文里的字句。

始终认为每一篇字都像一棵在春天栽下的树，最后能长成什么样子，早已由读者自行修剪，成为他们各自喜欢的模样。

文字存在的最好方式是让读者更好地生活，而不是让他们更为怨愤与忧伤。所以，一直试图用一些句子去点亮它们，以求让懂得的人内心更为茂密和安静欣然地面对每一缕到来的时光。

不想评说自己的字，因为无论怎么说都有矫情的成分，一向喜欢自如地活着，用自己的方式去工作、学习、写文。至于他人用什么样的目光看我，并不在意。

不是洒脱，也不是智慧，这是我的人生态度，于其在听取与辨别中浪费时光，不如与喜欢的说话，或者读一本喜欢的书。

人一生的时光并不长，属于我们波澜壮阔的生活也极为短暂，能够在有生之年遇见喜欢的人或事就应当好好地面对，不要问最后的结局，想太多，人难免会纠结与畏惧。

在编辑这本书之前，也曾纠结，究竟选哪些文字比较好，毕竟十年间所写的每一篇字都记录了那一段时光中的心情与思绪，包括境遇等等。

为了不辜负所有的文字，我把取舍这个字的选择权交给了一个朋友，这个朋友读了很多年我的字，对我的字比较了解。

当这本书最终选择下篇目后，我学着用旁观的角度去看它们，在亲切的同时也看见了生涩和简单。

曾经有人说我的字较为简单，固定的写字方式，没有新意。这是一种局限，在这十年中，我有了固定的思维模式和表述方法，已经很难摆脱，就像和一个人相爱的人在一起，情感早已深入骨髓，形成了日常。

在写这篇后记的时候，窗外有明亮的日光，轻缓的风声以及尘世细密的过往在缓慢前行。我安坐在窗前，在这些字中，有回到旧年的错觉，好像一切只是一个开始，后面还有许多美好与奇幻的字在涌动而来。

十年，一个不断成长的十年，一个完全可以忘记和重新开始的十年。相信经过这十年的锤炼，我的心没有忘记最初，也更为坚强。

最后这世上所有的生物都一生安好，在时光的照耀下茂密葱茏地活着，用明亮的心去迎接每一个新的日子，在其中静数有多少个欢喜，然后与爱的人分享。

谢谢时光，谢谢你。